半妖のいもうと2
～あやかしの妹におともだちができました～

蒼真まこ Mako Souma

アルファポリス文庫

https://www.alphapolis.co.jp/

第一章　初めての保育園は大変です

「ん～今日もいい天気！」

お日様の優しい温もりをたっぷりと感じられる縁側で床の雑巾がけをしていたら、柱の低い位置に印された黒い線が目に入った。

「あれ、これなんだろう……」

柱にうすく残る何本かの黒い横線。目印のように刻まれたそれが何をあらわしているのか、ようやく思い出すことができた。

「これって、私の成長記録じゃない？　わぁ、懐かしい！」

私、野々宮杏菜の身長が伸びるたび、お父さんとお母さんがこの柱に黒いペンで印をつけてくれたのだ。

「お母さん、私の身長が少しでも伸びてると、すごく喜んでくれたっけ……」

今は天国にいる、大好きな私のお母さん。小学生の時にお母さんが病気で亡くなり、それ以来、この柱の黒い線を見ないようにしていたのかもしれない。今はもういないお母さんのことを思い出し、泣いてしまうから……

「見るのが辛くて、記憶から消し去ってしまったのかもね。大切な思い出なのに、ごめんね、お母さん」

黒い線を指でなぞりながら、しばしお母さんとの思い出にひたる。心の奥底に大切に抱えた、宝石箱みたいな記憶だ。

今になって思い出すことができたのは、お母さんのことを思い出しても泣かなくなったからかもしれない。それはお母さんのことを忘れたからじゃない。お母さんの愛情に感謝しつつ、未来に向かって歩んでいけるようになったからだ。

「お母さん、私の成長を喜んでくれて、ありがとう」

柱に向かってささやくと、空を飛んでいる鳥が心地よい声で鳴いた。天国にいるお母さんが応(こた)えてくれたかのように。

「お母さんのおかげで、私は家族と仲良く暮らせているのよ……そうだ！　ここに、くり子の成長記録もつけたらどうかな？」

ある日突然我が家にやってきた、妹のくり子。

家族の一員として記録をつけていけば、天国のお母さんも喜んでくれる気がした。

雑巾を置いて手を洗うと、くり子とお父さんを大声で呼ぶ。

「くり子、お父さん！　ちょっとこっちに来て！」

私の声が家の中に響くと、しばらくして幼い妹の軽やかな足音が聞こえてきた。

「おねいちゃん？　なぁにぃ？」

私に呼ばれたのが嬉しいのか、くり子はご機嫌な様子で駆け寄ってくる。

「杏菜、何かあったのかぁ？」

次いでどすどすと響く足音。お父さんのお出ましだ。

「お父さん、くり子。これ、見てくれる？」

お父さんとくり子が、柱をじぃっと見つめる。

「お？　こ、これは杏菜の成長の印じゃないか！　懐かしいなぁ」

柱の線を見たお父さんは、すぐに思い出したようだ。良かった、覚えていてくれたみたい。

くり子は、不思議そうに顔を傾けている。

「黒いのが、ちょん、ちょんって書いてあるねぇ。これ、なぁに？」

「これはね、小さい頃の私の成長の記録だよ。私の身長が伸びるたびに、黒い線で印を残してくれていたの」

「おねいちゃん、ちっちゃかった時があるのぉ？　おねいちゃんはくり子よりずっと大きいって思ってた！」

私の小さい頃のことを知らないくり子は、昔も今も、私がずっと同じ姿だと思っていたらしい。

「おねいちゃんにもな、くり子ぐらい小さい時があったんだぞ。くり子も可愛いが、杏菜の小さい頃もそりゃあ可愛かったんだぞ」

「おねいちゃんも、くり子とおなじぐらいちっちゃかったのぉ？」

「そうだな。でもこれを見ると、小さい頃の杏菜のほうが今のくり子より少し大きかったみたいだな」

お父さんの何気ない発言に、くり子はしょぼんと肩を落としてしまった。

「くり子、おねいちゃんよりおチビなの……」

わわっ、くり子、落ち込んじゃった。

「あのね、くり子。ここにくり子の身長も記録していったらいいと思って呼んだのよ。そしたらおねいちゃんとお揃いだよ」

「おねいちゃんと、おそろい……くり子、やるぅ！」

顔をあげた妹は、すぐに笑顔を見せてくれた。私とお揃いなのが、そんなにも嬉しいのかな。

「じゃあね、くり子、ここに立ってくれる？」

柱に背中を向けて、ぴたりと体を沿わせた。

「くり子は赤いペンで印をつけようね。くり子の身長は……あれ？　思ったより大きいような？」

不思議に思ってくり子を見ると、妹の体がぷるぷると震えている。あれれ……？

「おい、杏菜」

小声で私を呼んだお父さんが、くり子の足元を指さす。なんとくり子は、つま先立ちをして、少しでも身長を高く見せようとしていたのだ。

だから体がぷるぷると震えていたのね。健気な努力が可愛らしいけど、これだと嘘の身長になってしまう。

「くり子、つま先立ちはやめて、踵（かかと）を下ろそうか？」

「だってぇ、くり子、おチビはやだもん」

ぷぅっと口をとがらせたくり子に、思わず笑ってしまう。

「そんなことしなくても、くり子はすぐに大きくなるよ」

「そうだぞ。くり子はすぐにでかくなる。おとーしゃんが保証する」

お父さんと一緒になだめたら、妹はようやく踵（かかと）を床に下ろした。

「くり子、早く大きくなりたいよぅ。おねいちゃんみたいに」

くり子はちょっぴり不満そうだ。

「ごはんをたーくさん食べたら、すぐに大きくなるさ。なぁ、杏菜」

「うん、そうだね。くり子は手足もすらっとしてるし、すぐに私の身長を追い越しそうよ」

今はまだ私よりずっと小さい妹だけど、あっという間に大きくなりそうな気がした。私の身長を追い越すと思うと、ちょっと悔しい気もするけれど。

「これからは、くり子の成長の記録をここに残していこうね。そうしたら、どれだけ大きくなったか、よくわかるから」

「でかくなったら、おとーしゃんが印をつけてやるからな」

くり子は体をくるりと反転させると、私とお父さんを見上げて、にこっと笑った。

「うん！　くり子、おっきくなるね！　ごはん、たーくさん食べるぅ」

くり子は元気いっぱいに叫んだ。ああ、可愛いなって思う。私の大切な妹だ。

天国にいるお母さんとお父さんの一人娘として生まれ育ってきた私に、まさか幼い妹ができるとは想像もしていなかった。けれど今では、くり子がいない生活なんて考えられない。

ごく普通の人間である私のお父さんと、鬼であった野分さんとの間に生まれた女の子、それがくり子だ。私にとっては半分血の繋がった妹になる。

ある日突然父が『この子はおまえの妹なんだ』と幼い女の子を連れてきた時は、それはもう驚いたものだ。

だってくり子には、銀色の角と牙があったのだから。

頭に角がある半妖の幼女、しかも私の妹だと言われ、すぐには受け入れられなかった。なんで私がこの子の面倒をみないといけないの？　って思ったし。

けれど私を姉と慕う幼い妹はとても健気で可愛くて、いつしかくり子は野々宮家の一員となっていた。

半妖の妹を家族として迎え入れるということは、とても大変で覚悟のいることだった。様々な困難を共に乗り越え、私とくり子、お父さんは本当の家族になれたのだ。くり子の母である野分さんや私のお母さん、野分さんの妹の小夜さん、そして銀の鬼の里の皆さんのおかげでもある。多くの人が支えてくれるからこそ、私たち家族は仲良く平和に暮らせているのだ。

ねぇ、お母さん。

くり子やお父さんと一緒に、これからも明るく元気に生きていくからね。天国から、私たちを見守ってくれたら嬉しいな。

柱に残された私の成長の記録を眺めながら、天国の母にそっと語りかけた。

†

「おねいちゃん、保育園、あしたはあるぅ？」

土曜日の夕食時、くり子は三色そぼろ丼を食べながら笑顔で聞いてきた。ぷにぷにのほっぺたには、ほくろのようにちょんと鶏そぼろがくっついている。食べることが好きなあまり、くり子はかきこむように食べてしまうことが多い。だから頬に食べ物やソースがよくついてしまうのだ。

「明日は日曜日だから保育園はお休みだよ。明後日(あさって)の月曜日からまた通うの」

ほっぺたの鶏そぼろを布巾で拭きとってあげながら、妹の質問に答えた。

「おやすみ……そっかぁ」

くり子は食事の手をぴたりと止め、残念そうに肩を落とした。

保育園に通い始めたばかりの妹は、明日も保育園があると思っていたらしい。

「くり子、保育園は好きか？」

お父さんが、くり子に優しく声をかける。

「うん！　くり子、保育園しゅき。いっぱい遊べるもん。絵本もたくさんあるし」

くり子が保育園に登園し始めて二週間が経った。最初は泣いてしまう子も多いと聞くし、とても心配したのだけれど、くり子は意外なほど楽しそうに通っている。家とは違い、遊具やおもちゃ、絵本がたくさんあるから好き、というのがくり子らしくて、ちょっと笑ってしまうけど。

「そうか、くり子は保育園が好きか。それは良かった。まぁ、おとーしゃんにはわかっていたけどな。くり子は保育園が好きになるって。なんてったって俺の娘だから、おとーしゃんが一番よくわかってる」

保育園に馴染んだ幼い娘が誇らしいのか、お父さんはドヤ顔でうんうんと頷いている。

「よく言うよ、お父さん。くり子が保育園で楽しく過ごせるかどうか心配で心配で、前の日は眠れなかったって言ってたのに」

娘のことは誰より理解しています、という様子のお父さんがおかしくて、つい突っ込んでしまった。

「それは杏菜も同じだろ。くり子を心配しすぎて授業中も上の空で、先生に名前を呼ばれても気づかなかったって話していたくせに」

言い返されてしまったので、私もすかさず応戦する。

「そ、それは数日だけのことだもん。私だってくり子はちゃんとできる子ってわかってたし。なんてったって、私の妹ですから」

お父さんの指摘どおり、くり子が保育園で大丈夫かどうか私もちょっとだけ――

正直に言えば、かなり心配だった。くり子が半妖の子で、普通の幼児とは少し違うからだ。

　くり子のお母さんがその命を捧げて娘の願いを叶えてくれたおかげで、くり子の銀色の角と牙は消えた。だから見た目は人間の幼女と同じだけれど、あやかしの子だという事実までは変えられない。強い力を有していたという銀の鬼の力が目覚めてしまう可能性が、くり子にはあるのだ。角や牙がなくなっても、くり子の体に眠る銀の鬼の力が完全に消えたわけではないと思うから。

　以前くり子は、一度だけ本物の鬼のような、恐ろしい姿に変わってしまったことがある。くり子を捕まえようと鬼が突然我が家にやってきた時のことだ。青い鬼に首を絞められていた私を救うため、くり子が銀の鬼と化してしまったのだ。あの時の光景は今も決して忘れることができない。可愛い妹を、二度とあんな恐ろしい姿にさせたくない。

　だからこそ半妖の妹が保育園で問題なく過ごせるかどうか気になってしまうのだ。

　けれど、むやみやたらに心配すればいいという話ではないと思う。

「お父さんね、くり子が心配だからって仕事の合間にこっそり保育園をのぞきに行くのはやめてよ。保育園の先生から言われて、顔から火が出るくらい恥ずかしかったんだから」

半妖の幼い娘の様子が気になって、父は保育園をこっそり陰から眺めていたらしい。気持ちはわからないわけではないけれど、恥ずかしいから絶対にやめてほしい。

「仕事で外に出る時間があったから、ちょっと見に行っただけだよ。いいじゃねぇか。親なんだから我が子の姿を見るぐらい」

「あのね、いい歳したおじさんが、こっそり保育園をのぞいていたら、他の子どもや周囲の人からは不審者に見えるの。今は怖い事件も多いから、みんな用心してるし。今後は絶対にやめてよ、お父さん」

「お、おとーしゃんは不審者じゃないぞ！　杏菜がお父さんを不審者扱いするつもりなら、俺だってバラしちゃうぞ。保育園に通い始めたばかりの数日間、保育園に向かう俺とくり子のあとを、こっそりつけていただろ？　途中で引き返して学校に向かったみたいだけどな。心配だからって父親と妹を尾行していたら、周囲からは立派な不審者に見えるぞ」

お父さんの行いを注意したら、またしても言い返されてしまった。

「尾行なんてしてないよ！　ただその、ちょっとだけ心配だったのよ。お父さんがちゃんと保育園に連れていけるかなって。私がいないからって、くり子が泣いたりしないか少しだけ気になったっていうか」

「なるほど。親子揃って、くり子の心配をしていたわけだな」

「そうやってなんでもお父さんといっしょにしないでくれる？」

「親子なんだから似るのは当然だよ。事実なんだから照れるな」

「照れてないし！　父親が不審者にならないように注意してるだけだし」

「だから俺は不審者じゃねぇっての」

　すると、私とお父さんの間で会話を聞いていたくり子が、突然くふふと笑い始めた。

「おとーしゃんとおねいちゃん、面白ーい。くり子の心配ばっかりしてるぅ。くり子はだいじょーぶだよ。だっておとーしゃんの娘で、おねいちゃんの妹だもん！」

　無邪気に笑ってる幼い妹の姿を見たら、お父さんと子どもっぽい言い合いをしていたことが恥ずかしくなってしまった。それはお父さんも同じだったようで、苦笑いを浮かべている。

　口喧嘩ってほどではないけれど、私とお父さんの間で言い合いになってしまうことがたまにある。お父さんに対しては、私もついムキになってしまうみたい。

そんな時、くり子の笑顔が私とお父さんの心を落ち着かせてくれる。

「月曜日の朝、おとーしゃんとまた保育園に行こうな」

お父さんがくり子に声をかけると、くり子はお父さんを見て、元気良く返事をした。

「うん！　おとーしゃん」

「お迎えはおねいちゃんが行くからね」

私からも伝えると、くり子は私のほうに顔を向け、にこっと笑った。

「うん！　おねいちゃんがおむかえ来てくれるの、くり子、すっごくうれしい！」

くり子の笑顔を見てると、なんでもしてあげたくなるから不思議。この子の笑顔を守るために頑張らないとねって思う。

「お父さんな、最近、くり子の笑顔を見ていると元気が出るし、杏菜と話していると娘も頑張っているから俺も頑張るぞ！　って思うんだ。きっと杏菜もくり子もすごく可愛いからだな。いつもありがとう、杏菜。感謝してる」

私とくり子を交互に見つめながら、お父さんが満足そうに笑った。面と向かって父親から感謝の言葉を伝えられると、ちょっと照れくさい気がする。悪い気はしないいんだけどね。

「くり子も、いう！　おとーしゃん、おねいちゃん、いつもありがと！　くり子はね、おとーしゃん、だいすき！　おねいちゃんも、だいすき！」

私とお父さんへの愛情をはっきりと告げると、くり子は今度はおねいちゃんの番だよ？　と言わんばかりに私のほうへ顔を向ける。気づけばお父さんくり子のキラキラの眼差しには、ちょっと抵抗できない力がある。気づけばお父さんまで、まで、期待に満ちた眼差しで私を見ている。

こうなったら、私も伝えるしかないじゃない？

「私だって、お父さんにはいつも感謝してるよ。だってお父さんが毎日働いてくれるから、私とくり子は暮らしていけるんだもの。くり子も笑顔で私やお父さんを癒してくれるしね。だ、だから」

顔が熱くなってくるのを感じながら、言葉を選びつつ懸命に伝える。

「私も、くり子とお父さんが、す、好きだし、ありがとうって思ってるよ」

ううう、くり子への愛情はともかく、父親への感謝の思いを面と向かって伝えるのって恥ずかしい。

「そうか、そうか。くり子も杏菜もお父さんのことが好きか。その言葉でおとーしゃんはいくらでもパワーアップできるからな！」

満面の笑みになったお父さんは、とても機嫌が良さそうだ。娘ふたりから好きと言われて、嬉しくてたまらないみたい。

家族であっても、時に感謝の思いを言葉にして伝えることって大切なんだな。家族のために、仕事や家事をするのはあたりまえと思われるのは、少し悲しい気がする。私だって、高校に通いながら毎日家事をするのは大変だ。だから、それを「感謝してる、ありがとう」って言われたら、やっぱり嬉しい。明日も家族のために、早く起きて頑張ろうって思えるもの。

きっとそれはお父さんも同じなのだと思う。会社で働くということは、きっと高校生の私には想像できない苦労があるだろうから。

毎日元気に働けるように、これからは感謝の言葉をお父さんに伝えていけたらいいな。

だけどやっぱり面と向かって言うのは、照れてしまうかも……などと思っていると、くり子が元気良く声を発した。

「おいしいねぇ。おねいちゃんのごはんは、いつもおいしい。くり子ね、このちっちゃなおにく、だいすき！」

くり子に視線を向けると、上機嫌で三色そぼろ丼を食べている。スプーンで鶏そぼろをすくいとり、ぱくんとお口の中へ。もぐもぐと口を動かしながら、にんまりと笑う。鶏そぼろの味を堪能しているようだ。ふっくらした頬には、またも鶏そぼろがくっついている。

「くり子、お顔をこっちに向けて。拭いてあげるから」

布巾でさっと拭きとると、くり子は大きな声で言った。

「ありがと、おねいちゃん！」

にかっと笑う妹が可愛い。

お父さんへの感謝の気持ちを言葉にして伝えるのは、私一人だと恥ずかしいけれど、くり子がいればきっと大丈夫。くり子の笑顔を見ているとそう感じる。

「保育園にも元気に通えているし、これからはきっと楽しいことがいっぱいだよ、くり子」

「そうだな、お父さんもそう思うぞ」

くり子も同じ気持ちのようで、嬉しそうにこくこくと頷いている。

半妖の妹を家族として迎え入れ、始まった新生活。きっと大変だろうと覚悟していたけれど、くり子なら問題なく元気に過ごせるだろう。登園前の朝のお支度だけは大変だけど、お父さんと協力しながらなんとかやっていけそうだ。

くり子を家で留守番させていた頃の申し訳ない気持ちを思えば、朝が大変でも苦にはならないもの。

私たち家族は、きっと大丈夫。これからも楽しい思い出を、くり子とお父さんと共に作っていこう。

†

登園前の朝は私が朝食の準備をして、お父さんはゴミ出しやくり子の世話をして保育園に連れていき、そのまま会社に出社。私は家の戸締りをして高校に行き、下校時にくり子を迎えに行く。

くり子が保育園に通うようになって一ヶ月も経つと、朝の慌ただしさにもだいぶ慣れてきた。今のところ問題はないけれど、今後、家族の誰かが体調を崩すこともあるだろう。状況に応じて臨機応変に動けるようにしていかないとね、などと思っていた。

学校が終わり、くり子を迎えに行こうと準備をしていた時だった。私のスマホにお父さんから電話がかかってきた。仕事が忙しい父は、仕事中に私に連絡をしてくることは少ない。あるとすれば、大事な用事や緊急のことが起きた時だ。

なんとなく嫌な予感がして、すぐに電話に出た。

『杏菜、今話しても大丈夫か？』

普段のお父さんなら、私の都合なんて考えずにペラペラと話し始めるのに、どうしたんだろう？　ひょっとして何かあったんだろうか。

「うん。今からくり子のお迎えに行こうと思っていたの。何かあった？」

お父さんが事故か何かにあったのかもしれないと思ったけれど、怖くて聞けなかった。

『そうか。学校、お疲れさま。実は保育園から連絡があったんだ』

何かあったのは、お父さんのほうじゃなかった。くり子が体調を崩したり、怪我をしたりしたんだろうか？

「くり子に何かあったの？　遊んでる時に遊具から落ちたとか？」

元気いっぱいの妹のことだ。遊具で無邪気に遊んでる時に、怪我をしてしまったのかもしれない。「いたいよぅ」と泣いているくり子の姿が頭に浮かび、心配でたまらなくなった。

『くり子は怪我してない。大丈夫だ』

お父さんの言葉に、ほっと胸を撫でおろした。くり子は無事なんだ。良かった。となると、お父さんはなぜ私に電話をしてきたんだろう？

『実はな、くり子が怪我をしたのではなく、その逆なんだ』

父の言葉を、すぐには理解できなかった。くり子が怪我をしたのではなく、その逆……？

『他の男の子と口論になって、怒ったくり子が男の子を突き飛ばして、転倒させてしまったそうだ。幸い、男の子は肘を擦りむいた程度らしいが、くり子が他の子を怪我させてしまったことになる……』

頭を鈍器で殴られた気がした。私にとっては、くり子が怪我をするよりも衝撃の事実だった。

想像さえもしていなかった。くり子が他の子に危害を加えるなんて。

半妖だから、他の子より力は強いかもしれないけど、優しくていい子なのに。可愛いくり子が同じ年頃の男の子に怪我をさせたなんて信じたくない。

「お父さん、私、どうしたらいい？　何をすればいいの？」

咄嗟に父に助けを求めてしまった。情けないけれど、すぐには頭の中を整理できなかったから。

『ともかく、早めにお迎えに行ってくれ。お父さんもすぐに行くつもりだが、仕事の都合で少しだけ遅くなる。被害にあった男の子の保護者の方が来ていたら、杏菜には申し訳ないが、まずは謝罪してほしい。くり子にも何かしらの事情があったと思いたいが、怪我をさせてしまった以上、悪いのはくり子だ。まずは反省して謝らないと』

お父さんの言うとおりだと思った。くり子にどんな理由があったとしても、相手の男の子を突き飛ばしてしまったのは許されることじゃない。

「わかった。くり子と一緒に相手の男の子と保護者の方に謝るね。これからすぐに保育園に行くから」

『悪いが頼む。お父さんもできるだけ早く行くから』

「うん、わかった。いったん電話切るね」

電話を切り、スマホを鞄にしまおうとしたけれど、うまく収納できずに地面に落としてしまった。

「やだ、手が震えてる……」

私の手が、小刻みに揺れていた。妹が心配というのもあるけれど、まったく想定していなかった現実を、私の心と体が受け止められていないようだった。

くり子が他の子を怪我させたなんて、今でも信じられない。くり子が攻撃的になったのは、たった一度だけだ。しかもそれは私を守るため、青い鬼から姉を救うためだ。誰かを攻撃したのは、その時だけ。

「でも、くり子はいい子だよ。優しくて可愛い私のいもうと……」

どれだけ愛らしくても、妹はあやかしの子なのだ。容赦ない現実を思い知らされた気がした。

「私がくり子を守らないと。私はおねいちゃんなんだから」

混乱している気持ちを落ち着かせようと、軽く目を閉じて深呼吸する。

半妖の妹を守ることは難しいと思い、一度はくり子を銀の鬼の里へ帰そうと思った。

けれど私は、どうしてもくり子を手放すことができなかった。くり子は私の大切な家族で、可愛い妹だから。あの子と離れるなんて、今は考えられない。だったら私がしっかりしないと。

くり子と共に生きることを選んだのだから、あらゆる事態を受け止められるようにならないといけないのだ。何かあるたびに混乱していたら、幼い子と変わらない。冷静になって、しっかり対応しなければ。

かすかに震えが残る両の手で、左右の頬をぱんと叩いた。じんとした痛みに、心が引き締まる気がした。

「しっかりしろ、杏菜！　おねいちゃんでしょ」

自らに言い聞かせると、保育園に向かって走り出した。吸い込む息がいつもより冷たく、体と心を切り裂くように感じられた。

†

保育園は、いつもと同じようにお迎えに来ている保護者で混雑していた。くり子がいるクラス『もも組』へ行こうと下駄箱で靴を脱いでいたら、「野々宮さん」と声をかけられた。声をかけてきたのは、副園長先生だ。

「野々宮さん、お迎えありがとうございます。ちょっと医務室へ来ていただけますか？　くり子ちゃんもそこで待っていますので」

普段なら、副園長先生が声をかけてくることはない。顔を合わせたら挨拶をする程度だ。

「はい、わかりました」

返事をして、副園長先生の後ろをついていく。無言のまま前を歩く副園長先生の背中がどことなく怖い。

副園長先生に促されて医務室の中に入ると、奥のほうでくり子がうつむいているのが見えた。担任の先生もいる。

「くり子ちゃん、お姉さん来たよ」

担任の先生に声をかけられた妹が、ぱっと顔をあげた。私の姿を確認したくり子の目元に、みるみる涙があふれてくる。泣くのをずっと堪えていたのかもしれない。

「くり子！」

たまらない気持ちになった私は、妹の名を呼びながらそばに駆け寄った。くり子も私のほうへと歩き出す。両手を広げて妹を抱きしめた。

「おねいちゃん、おねい、ちゃん〜」

ぽろぽろと涙をこぼしながら、ひしと私にしがみつく妹。愛らしく、健気な幼子にしか感じられなかった。

「野々宮さん、お電話でお父様にもお話ししましたが、くり子ちゃんが同じクラスの翔太くんと園庭で口論になりまして……」

遠慮がちに担任の先生が事情を説明してくれた。

「くり子ちゃんと翔太くんとで園庭で話をしていたんです。仲良くお話ししてるのだと思っていました。徐々に翔太くんの声が大きくなりましたが、くり子ちゃんの声は落ち着いてましたので、翔太くんが嬉しくて興奮してるのかと思っていたんです。そうしたら突然、翔太くんの泣き声が聞こえてきて……。慌てて駆け寄ると、翔太くんが地面で寝転がった状態で大泣きしていて、『くり子に突き飛ばされた』と……」

担任の先生がゆっくりと話してくれたので、当時の状況がわかってきた。どうやら担任の先生は、くり子が翔太くんを突き飛ばした瞬間を見ていなかったようだ。

「翔太くんが大きな声を出した時に、すぐ駆け付けるべきでした。申し訳ありません」

　先生ひとりで多くの幼児を見ているのは知っているし、担任の先生を責める気にはなれなかった。

「先生は見ていなかったようですが、うちの息子はくり子ちゃんに突き飛ばされたって言ってるんですよ。それが真実でしょう。しかもうちの子は怪我までしてるんです。ほら、見てください！」

　声を荒らげているのは、翔太くんのお母さんのようだ。翔太くんの左肘には絆創膏(ばんそうこう)が貼られている。すでに手当てが終わっているようで、それほど大きな傷には思えなかった。

「とても痛かったたって、翔太はわたしに泣きついてきたんですよ。翔太は元気な子ですから、遊びながら大きな声を出すことだってあるでしょう。でもだからといって突き飛ばしていい理由にはなりません。野々宮さん、お宅はくり子ちゃんに、どんな教育をされてるんですか！」

　翔太くんのお母さんが怒り出してしまった。

　くり子から話を聞いたわけではないけれど、小さな傷であっても妹が怪我をさせてしまったことが事実なら謝らなくてはいけないと思った。

「うちの妹が申し訳ありません！」

姿勢を正した私はその場でぺこりと頭を下げ、翔太くんとそのお母さんに謝罪した。

「ほら、くり子も翔太くんに、『ごめんなさい』しなさい」

私の体にしがみついたままの妹に声をかける。

ところがくり子は、無言のままだった。いつもなら、素直に私の言葉に従うのに。

どうしたのだろう？

「くり子、謝りなさい」

少し強めに言ってみると、くり子はようやく口を開いた。

「くり子、わるくないもん……」

小さな声でようやく口にしたのは、謝罪の言葉ではなかった。驚いた私よりも早く反応したのは、翔太くんのお母さんだ。

「翔太を突き飛ばしたのに、自分は悪くない？　まぁ、なんて子でしょう！」

翔太くんのお母さんが、般若（はんにゃ）の面のような恐ろしい顔になっていく。早く謝れ、と言わんばかりに私とくり子をにらみつけている。

どうしよう。翔太くんのお母さん、すごく怖い……

大切な息子が傷つけられて怒るのは、母親として当然のことかもしれない。

けれどその怒りに、どう対応すればいいのか私にはわからなかった。

翔太くんのお母さんの鋭い眼光に、体が震え上がる。怖くて私まで泣いてしまいそうだ。でも妹と一緒に泣いている場合じゃない。どうにかして、くり子を謝らせないと。

そうしないと翔太くんのお母さんの怒りはきっと収まらない。

「翔太くんのお母さん、少し落ち着いてください。くり子ちゃんも怯えてますし」

見かねた保育園の先生が声をかけてくれたけど、翔太くんのお母さんは先生にも大声で怒り始めた。

「そもそも先生方がしっかり見ていないから、こんなことになったんですよ!」

「こちらとしても大変申し訳ないと思っております」

「申し訳ないと思ってるなら、あの子にちゃんと謝らせてくださいよ!」

翔太くんのお母さんは先生たちに怒鳴りながら、くり子を再びにらみつける。

くり子が謝罪するまで、許さないつもりなんだ。早く謝らせないと、怒りはもっとひどくなりそうだ。

「くり子、まずは『ごめんなさい』しなさい。翔太くんは怪我してるんだよ。とても痛かったって。くり子は悪いことしたのよ。だから謝るの」

　私にしがみつく妹の目線まで体をかがめ、しっかりと諭した。口喧嘩になったのなら、翔太くんに何か言われたのかもしれないけれど、だからといって突き飛ばしていい理由にはならないのだから。

　ところが妹は、どうしても謝ろうとしなかった。ふるふると頭を振りながら、ぽろぽろと涙をこぼすだけだ。見ていて痛々しいけれど、くり子が謝らないと翔太くんのお母さんの怒りがさらに増していってしまう。

「くり子、『ごめんなさい』しなさい。お友だちをドンッて突き飛ばすのはとても悪いことよ。だから謝るの。おねいちゃんも一緒にごめんなさいするから。くり子、お願い」

　私からお願いする形になってしまったけれど、この場はしかたない。まずは謝らせるのが先だと思ったのだ。

「くり子、あやまるのイヤ……」

私がこれほどお願いしても、妹は頭を下げようとはしなかった。

なんで、くり子はわかってくれないの？　悪いことしたら、ごめんなさいしようねって教えているのに。難しいことではないはずだ。

「くり子、ごめんなさいしなさい！」

苛立（いらだ）った私は、つい声を荒らげてしまった。

妹の小さな体がびくりと震えた。怯えた表情で私を見つめている。

「おねいちゃん……」

涙でいっぱいになった目で、おねいちゃん、なんで怒るの？　くり子のこと、嫌いになったの？　と訴えてくるようだった。

ああ、やってしまった。優しく諭（さと）すつもりだったのに。

可愛い妹を、泣かせたり怖がらせたりしたくなかったのに、どうしてこうなってしまったのだろう。

どうすればいいのかわからなくて、頭を抱えた時だった。

向かいに立っている翔太くんのお母さんから、ちっと舌打ちが聞こえた。

「まったく……。これだから母親がいない子は困るわ。躾（しつけ）がされてないじゃない」

翔太くんのお母さんが、小さな声で呟いた。ひとり言のつもりだったのかもしれない。でも私の耳には、しっかり届いてしまった。泣いている幼い妹には聞こえていなかったようで、それがせめてもの救いだった。

母親がいない子は躾（しつけ）がされてないって何？

どうしてそんなひどいことを、簡単に言えるの？

お母さんがいないことで、私とくり子がどれだけ悲しんだことだろう。妻を亡くしたお父さんも、とても辛かったはずだ。

それでも私たちは、家族として頑張って毎日を生きている。くり子の子育てだって、私とお父さんとで相談しながら精一杯やっている。くり子のお母さんにはなれないけれど、私は姉として妹を大切に思っている。

母親がいない家庭ってだけで、見下されていい理由にはならないはずだ。

気づけば視界が涙でぼやけて見えた。悔し涙だった。

翔太くんのお母さんに言い返してやりたい。

でも今それをすれば、くり子はごめんなさいもできない子として、保育園で立場がなくなってしまうかもしれない。

私はいったいどうすればいいの？　ああ、誰か教えてほしい……

救いを求めるように、ぎゅっと目を閉じた。

「遅くなって申し訳ありません。くり子の、野々宮くり子の父です！」

医務室の引き戸を開けて入ってきたのは、私とくり子の父、野々宮山彦だった。

ああ、よかった。ようやく来てくれた。私たちのお父さんが。

娘ふたりの姿を確認した父は、すぐさま駆け寄ってきてくれた。

「くり子、杏菜。遅れてすまない。杏菜、大丈夫か？　ひとりで対応させてごめんな」

私は軽く首を横に振り、目元ににじんだ涙を指先でそっと拭きとった。

「私は大丈夫。でもお父さん、くり子が翔太くんにごめんなさいしてくれないの。嫌って言うだけで」

「そうか。わかった。あとは俺に任せてくれ」

力強く言った父は、まず翔太くんのお母さんに顔を向けた。

「野々宮くり子の父です。娘が翔太くんを突き飛ばしたと先生から聞きました。大事な息子さんに怪我をさせてしまって申し訳ございません」

頭を下げて、翔太くんのお母さんにしっかりとお詫びした。すると今度は片膝を床につけ目線を低くすると、お母さんの後ろに立っている翔太くんに向かって声をかけた。

「翔太くん、ごめんね。痛かったろ？　くり子がひどいことをして悪かった。おじさん、くり子によく言っておくから」

名を呼ばれ、父から謝罪された翔太くんはなぜか気まずそうにうつむいてしまった。

お父さんは翔太くんのお母さんだけでなく、翔太くんにもしっかりと謝ってくれた。

そのおかげか、翔太くんのお母さんの表情が少しだけ和らいだ気がする。

「お父様から翔太に謝ってくださるのはいいですが、肝心の娘さんが翔太に謝ってくれないんですよ」

「長女からも話を聞いております。申し訳ございませんが、少しだけお時間いただいてもよろしいですか？　くり子に話を聞いたうえで、きちんと翔太くんに謝らせますので」

翔太くんのお母さんはしばし考え込んだけれど、やがて「わかりました」と答えてくれた。

「ありがとうございます」

翔太くんのお母さんに軽く頭を下げると、お父さんはくり子のほうへ顔を向けた。両膝をつけた状態で、くり子の小さな肩にそっと手を置く。

「くり子、おとーしゃんに教えてくれないか？　翔太くんと何があったのか。全部話してくれると、おとーしゃんは嬉しいな」

優しく微笑みながら、くり子に声をかける。涙で目を潤ませたくり子は、お父さんの顔を不安そうにじっと見つめている。

「大丈夫だ。おとーしゃん、くり子の話、全部聞くぞ。怒ったりしないから、ちょっとだけ頑張って話してみてくれ」

緊迫した空気を気にしていないのか、お父さんはにかっと笑った。普段どおりの、お気楽な父の笑顔。慣れ親しんだお父さんの表情を見たくり子はかすかに微笑み、静かに頷いた。

「あのね、翔太くんとお庭で遊んでたの。そしたらね、翔太くん、いうの。『くり子はいつも姉ちゃんが迎えにくるけど、姉ちゃんと似てないな。本当の妹じゃないんだろ？』って。ちがうよ、くり子はおねいちゃんの本当の妹だもんって話しても、へらへら笑うばかりで翔太くん、わかってくれないの……」

ようやく事情を話し始めた妹の話にまさか私が出てくるとは思わず、驚いてしまった。

「翔太くんね、くり子のこと、『おまえ、本当はよその家の子なんだろ？　だって父ちゃんや姉ちゃんと髪の色がちがうもんな！』って。くり子はおねいちゃんの妹で、おとーしゃんの娘だもん！　って言ったら、『うそつきは針千本飲ますんだぞ！』って木の枝をぶんぶん振り回しながら近づいてきたの。くり子ね、怖くなって、ドン！　って翔太くんの体を押しちゃった。そしたら翔太くん、ひっくり返って、わーんって泣き出して……」

震えた声で懸命に、事情を話す妹が切なかった。

くり子が頑なに話さなかった理由、そしてなぜ謝ろうとしなかったのか、ようやくわかった気がした。家族のことを、悪く言われたからだったんだ。

「くり子、頑張って話してくれてありがとな。くり子の気持ち、おとーしゃん、よーくわかったぞ」

「おとーしゃん……」

お父さんにそっと頭を撫でられたくり子は、大粒の涙をぽろぽろとこぼした。

「でもな、くり子が翔太くんをドンッて押したことで翔太くんは転んで怪我をしてしまったんだ。怪我をさせてしまったことは、良くないことだってことは、くり子、わかるか？」

くり子は涙を流しながら、「うん」と小さな声で答えた。

「くり子、あと少し頑張って、おとーしゃんと一緒に翔太くんに謝ろう。『怪我をさせて、ごめんなさい』って。くり子、できるか？」

くり子はぷるぷると体を震わせている。まだ悩んでいるのかもしれない。

「くり子、おねいちゃんも一緒だよ。家族みんなで、翔太くんに『ごめんなさい』しよう！」

家族のことで翔太くんに一方的にからかわれた妹は、本当は悪くないのかもしれない。それでも翔太くんに怪我をさせてしまったことが事実なら、私も妹と一緒に受け止めて、きちんと謝りたいと思った。

私とお父さんの顔を交互に見つめると、くり子はこくりと頷いた。

「うん、できう！」

すすり泣きしながらではあったけれど、くり子は力強く返事をしてくれた。

「じゃあ、せーの！　でみんなで謝ろう。くり子、お父さん」

「ああ、そうだな」

「くり子も！」

　家族三人、「せーの」の掛け声で、翔太くんと翔太くんのお母さんに向かって頭を下げた。

「怪我をさせてごめんなさい！」

　家族三人分の「ごめんなさい」に驚いたのか、翔太くんのお母さんから怒りの表情は消え失せ、戸惑った様子になる。

「ど、どうやらうちの翔太も、くり子ちゃんに良くないことを言ったみたいですね。その点はうちの子が申し訳なかったと思います。でもですね、翔太がくり子ちゃんに突き飛ばされたのは事実のようですから、今後は気をつけてくださいね。打ちどころが悪かったら、大怪我の可能性もあったのですから」

　翔太くんのお母さんは視線をさまよわせながら、気まずそうに話す。まさか自分の息子がくり子にひどいことを言ったとは思わなかったんだろう。

「はい。くり子にはよく言い聞かせます。このたびはご迷惑をおかけして……」

翔太くんのお母さんは「よくわかりましたから、もう結構です！」と叫び、翔太くんの手を引っ掴んで、そそくさと医務室を出ていった。

「ありゃ、行っちまった」

お父さんが言葉を聞く前に、翔太くんのお母さんは逃げるように去っていった。

翔太くんにもくり子に、「ごめんなさい」って言ってほしかった気はするけれど、くり子だけが悪いのではないとわかってもらえただけでも良かったと思う。

「くり子、ちゃんと『ごめんなさい』できたな。よく頑張った。えらいぞ！」

頭を撫でながら、お父さんがくり子を目いっぱい褒めると、妹は嬉しそうに微笑んだ。

「うん。くり子はよく頑張った。おねいちゃんも嬉しいよ」

くり子の肩を撫で、私も妹の頑張りを称えた。くり子だけが悪いわけではなかったのに、自分のしてしまったことを認めて謝ることができた妹が誇らしかった。

保育園の先生方も、対応が遅れてしまったこと、そして事情の確認ができていない状態で保護者同士を対面させてしまったことを改めてお詫びしてくれた。

「こちらこそ到着が遅れて申し訳ありませんでした。これからも娘をどうかよろしくお願い致しします」

　私もお父さんと一緒に頭を下げた。

　顔をあげると、お父さんは私とくり子に向かって、にかっと笑った。

「くり子、杏菜、家に帰ろうか」

　いつもと変わらないお父さんの笑顔だけれど、なんだか今日は輝いて見える。

　お父さんのおかげで無事に解決したんだものね。いつになくお父さんがかっこよく見えるのは当然かもしれない。

「うん！　おうちかえろ」

　くり子も同じ気持ちだったのだろう。父の手を握りしめ、嬉しそうに笑った。

「くり子、よく頑張ったから、帰りにドーナツでも買っていくか」

「どーなつ？　わーい！　くり子うれしい」

　お父さんは立派だったと思うけど、私はどうだろう？　姉なのに、翔太くんのお母さんの前でおろおろするばかりで何もできなかった。とにかく早く妹に謝らせなくてはと、そればかり考えてしまっていた。冷静さをなくしていたんだと思う。

　情けないな……

私は、くり子のおねいちゃんなのに。

「おねいちゃんも、おてて、つなごう！」

落ち込み始めた私に、くり子が笑顔で手を伸ばす。無邪気な妹に申し訳ないと思いながら駆け寄り、小さな手をきゅっと握りしめた。

†

帰り道にあるドーナツ屋で、ドーナツを購入し、お家でゆっくりおやつタイムとなった。

お父さんにはコーヒー、くり子には牛乳、私は紅茶を用意した。

「どーなつ、おいしいねぇ！」

「うん、うまい。久しぶりに食べるけどコーヒーとよく合うわ、ドーナツ」

くり子とお父さんは自分が選んだドーナツを美味しそうに食べている。くり子は保育園であんなに泣いていたのに、今はご機嫌でおやつタイムを楽しんでいる。

けれど私は、あまり食べる気になれなかった。ドーナツは好物だし、薫り高いアールグレイの紅茶も好きだ。でも今日はひと口も飲んでいない。

保育園であったことが、私の心に重くのしかかっていたのだ。

翔太くんのお母さんに責められ、くり子に謝りなさいと叱ってしまったこと。

『母親がいない子は躾がされてない』と言われて、とても悔しかったこと。

妹を守りたかったのに、私はまたしても何もできなかった。くり子を救ったのは、お父さんだもの。

「くり子、ちょっといい？」

ドーナツを美味しそうに頬張る妹に声をかける。くり子が不思議そうな表情で私を見ている。

「おねいちゃん、くり子のこと、叱ってしまってごめんね。お父さんみたいに、まずは話を聞いてあげれば良かったよね。くり子は悪くなかったのに」

私がぺこりと頭を下げ、顔をあげると、くり子は不思議そうな顔をしていた。

「おねいちゃん、なんで『ごめんなさい』するの？」

「だって、くり子に謝れって命じるばかりで、何もできなかったもの……くり子のこと、泣かせちゃったし」

「ちがうよぅ、くり子が悪いの。くり子、すぐに翔太くんに『ごめんなさい』しなかったもん……」

「くり子は悪くないよ。翔太くんにひどいこと言われたんだもんね」

翔太くんに言われたことを思い出してしまったようで、くり子からご機嫌な表情が消えてしまった。少しだけ残ったドーナツをお皿に置き、悲しそうに話し始める。

「翔太くんね、おねいちゃんとくり子、全然似てないっていうの。本当の姉妹じゃないって。くり子、それがすごく悲しくて……おねいちゃんにお話しできなかったの」

ああ、きっとくり子は正直に話したら、私が傷つくと思ったんだ。だから何も話そうとしなかったのだ。

「くり子、『ごめんなさい』できなくて、ごめんなさい……」

くり子がまた泣きそうに思えた。たまらない気持ちになった私は、妹をぎゅっと抱き寄せる。小さな体が、たまらなく愛おしかった。

「ごめんなさいを言うのは、私だよ。頼りないおねいちゃんでごめんね、くり子」

「くり子のおねいちゃんはすごいんだもん」

幼い妹に気遣われたことが情けなくて、私もまた泣いてしまいそうだ。

「こらこら、姉妹だけでひしと抱き合って、おとーしゃんを仲間外れにするつもりか？」

お父さんが笑いながら、私とくり子の頭をぽんぽんと軽く叩いた。

「杏菜は自分のことを不甲斐ないって思っているようだけど、悪いのは俺だよ。こういう時は大人である親の出番なのに、仕事の都合で遅れるからと杏菜に対応を任せてしまった。遅れて本当にすまなかった」

お父さんは私のことを責めたりはしなかった。父の優しさが嬉しい。

「くり子にはさっきも話したけど、嫌なことを言われても、くり子から手を出したら絶対にダメだぞ。くり子はとても、と〜っても可愛い女の子だから、これからも他の子にあれこれ言われたりするかもしれない。そのたびにドンッて押してたら、手を出したぶんだけ、くり子の心も傷つくことになるんだ。嫌なことを言われ続けて困ったら、先生やおとーしゃん、周囲の大人に話すんだ。わかったかい？」

くり子はお父さんの話を真剣な表情で聞いていた。

「とても可愛い」を力説していたのはお父さんの親バカ心ではあるけれど、同時にくり子の髪や瞳の色が他の子と違うことを言っているようにも思えた。栗色の髪に、灰色の瞳を持つ妹は、愛らしい容姿もあって、どうしても目立ってしまうから。

「おとーしゃんの話、まだ全部はわからないかもしれないけど、覚えておいてくれると嬉しいな」

「くり子、おぼえておく。おとーしゃんのお話、忘れない！」

立ち上がった妹は、胸を張って叫んだ。

「お利口だな、くり子は。とってもいい子だ」

お父さんに褒められて、くり子は照れくさそうに、えへへと笑った。

「ドーナツ食べたら、おとーしゃんと遊ぼうな、くり子。杏菜もドーナツを食べなさい。紅茶も冷めちゃうぞ。食べ終わったら元気な笑顔をまた見せてくれ」

「ありがとう。お父さん」

お父さんの言うとおり、ドーナツを食べて元気を出そう。そして、私にできることをするんだ。私のことを大事に思ってくれる家族のためにも。

お父さんと遊び、夕飯を食べ終えたくり子はこてんと寝てしまった。たぶんとても疲れていたのだと思う。

　布団で休ませると、お父さんと一緒にくり子の寝顔を見守った。すやすやと気持ち良さそうに眠っている。とても可愛い。

「杏菜、少し話があるんだけど、いいか？」

　くり子を起こしてしまわないよう、小さな声でお父さんが話しかけてきた。私は頷き、ふたりで寝室を出る。

　居間に腰を下ろすと、お父さんはお茶を飲みながら話し始めた。

「くり子が翔太くんに言われたことだけどな、あれ、翔太くんに悪気はなかったと思うんだ。たぶん大人が話していたことを、そのまま言っていただけだと思うから」

　え、どういうことだろう？

「おそらく翔太くんのお母さんが我が家のことをあれこれ推測して、話していたんだろう。ママ友とかとな。で、その話を翔太くんが聞いていて、たいした疑問も感じずにくり子に話してしまった。親が話していたことだから、真実だと思ってしまったんだろうな。単なる噂話だったのに、それが騒動の一端になってしまったとわかったから、翔太くんのお母さんは慌てて帰っていったんだと思うよ」

　言われてみれば、翔太くんがくり子に言ったことは妙に大人びていて、幼児が言う台詞とは思えなかった。

「子どもってのは、聞いていないようで、案外大人の話をしっかり聞いているもんだからな」

　ふふっと小さく笑ったお父さんはお茶を飲み切り、湯のみを座卓に置いた。

「翔太くんのお母さんが、あれ以上文句を言ってくることはたぶんないと思う。でもな、くり子の容姿が俺や杏菜と少し違うことを、あれこれ噂する奴は今後も現れると思うんだ」

　たいした証拠もないのに、あれこれ噂話をするのが好きな人は学校にもいるから、お父さんが言っていることは納得だった。

「あのね、お父さん。くり子がいないから話すけど、翔太くんのお母さん、『母親がいない子は躾がされてない』って呟いたの。私、それを聞いてすごく悔しかったんだ。だって私やくり子にお母さんがいないのは誰の責任でもないのに。なんであんなこと言われないといけないいんだろう……」

　お父さんもお母さんもいる家庭が理想的なのは、私もよくわかっている。でも今の世の中、いろんな家庭があるだろうし、様々な家庭の事情があると思う。それを他人にとやかく言われる筋合いはないと思うのだ。

「そうか……それは辛かったな、杏菜。行くのが遅くなってすまない」

「いいの。お父さんのせいでもないんだもの」

「くり子にも杏菜にも苦労をかけて申し訳ないが、余計なことを言ってくる奴は今後も出てくるだろう。できることなら避けたいが、難しいと思う。だからそれに耐えていく強さが必要になる。くり子には俺からゆっくり教えていくつもりだよ。杏菜も辛いことを言われて悔しかったよな。すまん、本当に。忘れろというのは無理な話だと思うが、できれば気にしないようにしてほしい。我が家には我が家の形があると思うから」

「うん、わかった……」

確かに言われたことを忘れることはできない。お父さんの言うように気にしないようにするのが一番なんだろうけれど、本当にそれでいいんだろうか。

それぞれの家庭の事情も知らずにひどいことを言ってくる人は、今後も現れるだろうということは理解できた気がする。だからといって何か言われても平気ではないけれど、私はなんとか耐えられると思う。

でも、くり子は？

体も心も未成熟な妹が、私やお父さんがいないところで、『母親がいない子は躾がされてない』って言われたらかわいそうすぎる。

じゃあ私はどうすればいいの？　何をすれば、お父さんみたいにくり子を守ってあげられる？　いきなりお父さんのようにはできないけれど、私にだってやれることが、きっとあるはずだ。

「私には、お父さんのようにはできない……じゃあ、『お母さん』は？　私がくり子のお母さん代わりになるのはどうだろう？」

私は姉であって、本当の母親にはなれないことは、よくわかってる。でも「母親の代わり」なら私でもできるかもしれない。私がくり子のお母さんの代わりになれば、「母親がいない子」って言われることは減るかもしれないもの。

「私がもっとしっかりすればいいんだよね。くり子のお母さん代わりになれるぐらいに。そうしたら、くり子は『母親がいない子は躾がされてない』なんて言われないと思うんだ」

私なりに、くり子を守ってあげられる方法は、これしかないと思った。妹だけは母親がいない子って見下されたくない、絶対に。

「おい、おい。杏菜は十分しっかりしてるよ。家事を担（にな）ってくれてるし、くり子の世話もしてくれる。しっかり者すぎるぐらいだよ」

「でも私、今日はくり子のことを守ってあげられなかったもの……。私はくり子のお母さんにはなれないけど、母親の代わりには努力次第でなれるんじゃないかと思う。だから頑張ってみていいかな？　お父さん」

　母親代わりになるといっても、そんなに簡単なことではないし、甘い話でもないことはよく理解しているつもりだ。勉強も必要だし、なんとしてもくり子を守るという覚悟も必要になってくる。どれだけ大変なことであっても、可愛いくり子を守っていくには、私がもっとしっかりしないといけないのだ。

「私、頑張ってみる。くり子のお母さん代わりになれるように」

　くり子を守れなかった悔しさを胸に、私は新たな闘志を燃やし始めたのだった。

　翌日から私は、くり子の理想的なお母さん代わりになるには、どうしたらいいのか考えるようになった。

「まずは何から始めたらいいかな。そもそもお母さんって、子どものためにどんなことをしているんだろう?」

できれば現役のお母さんに相談できたら一番いいと思うけど、残念ながら思い当たる人がいない。保育園にくり子をお迎えに行っているけど、園児のお母さんたちとは年が離れていることもあって、親しく話せる人は誰もいない。顔を合わせても挨拶程度だ。

「ママ友っていうのかな? そういう人がいたら心強いんだけど」

高校の友達に相談できるはずもなく、悶々と考えながら授業を受けていたら、あっという間にくり子のお迎えの時間になってしまった。

保育園に迎えに行くと、くり子は少しだけ元気がない気がした。笑顔は見せてくれるけど、少しぎこちないのだ。心配になった私が、妹に声をかけようとした時だった。

「野々宮さん、お迎えありがとうございます。昨日のこと、本当に申し訳ありませんでした。あのあと、くり子ちゃんや杏菜さんは大丈夫でしたか?」

もも組の担任の先生が、私にぺこりと頭を下げた。少し緊張した様子で、申し訳なさそうにその身を縮こまらせている。昨日からずっと心配していてくれたのだと思う。

「先生、こちらこそご迷惑をおかけしてすみませんでした。くり子の様子はどうでしたか？　ちょっと元気がない気がするんですけど」

「そうですね。今日は園庭では遊ばず、ずっと教室の中で絵本を見ていました。昨日のことがあったので、そっと見守るようにしていましたが、絵本の読み聞かせをしてあげたら、笑顔を見せてくれましたよ」

「そうですか……」

外で遊ぶのが大好きなくり子が園庭で遊ばないなんて。翔太くんと喧嘩になったことが、トラウマになってしまったんだろうか？　だとしたら、くり子がかわいそうすぎる。私がなんとかしてあげたい。

「先生、翔太くんのお母さんはあれから何かおっしゃっていましたか？」

「いえ、特に何も。ただ、朝の登園時は少し元気がない様子でしたね……あっ、翔太くんのお母さんもお迎えに来られたみたいです」

先生の声で振り返ると、翔太くんのお母さんが保育園に来たところだった。怒鳴られた記憶が蘇り、恐怖でその場から逃げ出したくなってしまう。

「おねいちゃん……」

くり子が私の手を掴み、不安そうに見上げてくる。

くり子のほうがもっと怖いんだ。私が勇気を出さなければ、妹を守れない。

「くり子、おねいちゃんね、翔太くんのお母さんにもう一度だけ『ごめんなさい』してこようと思う。くり子はどうする?」

まだ高校生だけど、私はくり子の姉だ。迷惑をかけたことを再度謝りたいと思う。でも妹には強制したくなかった。昨日は無理に謝らせようとして、くり子の心を深く傷つけてしまったもの。同じことを繰り返したくない。

「おねいちゃんが、『ごめんなさい』するなら、くり子もやる。がんばる!」

くり子は私を見つめ、力強く頷いた。

「ふたりで頑張ろう!　くり子」

「うん!　がんばる!」

妹の手をしっかりと握りしめ、翔太くんのお母さんへ駆け寄った。

「翔太くんのお母さん、昨日はご迷惑をおかけして申し訳ありませんでした!　本当にごめんなさい!」

体を半分に折るようにして、翔太くんのお母さんに深々と頭を下げた。

「く、くり子も、ごめんなさい、ですぅ！」

妹も私の隣で、ぺこりと頭を下げる。くり子も頑張ってくれていることが嬉しかった。

「もう謝罪はいいですよ。ふたりとも顔をあげて」

昨日の怒鳴り声とは真逆の、落ち着いた声だった。最初は翔太くんのお母さんの声だとわからなかったほどだ。

おそるおそる顔をあげると、翔太くんのお母さんの表情は穏やかで、怒っているようには見えなかった。

「翔太が怪我したとはいえ、昨日はつい興奮してしまって……ごめんなさいね。ほら、翔太も隠れてないで、ちゃんと謝りなさい。くり子ちゃんとまた遊びたいって、昨夜大泣きして家の中を走り回って暴れてたでしょ？」

翔太くんのお母さんが私たちに謝ってくれるなんて……

翔太くんも、くり子のことが嫌いで喧嘩になったんじゃなかったの？

思わず顔を見合わせてしまった私とくり子は、驚きのあまり声も出なかった。

「あ、あのさ。くり子……」

お母さんに背中を押された翔太くんが、おずおずと前に出てきた。

「おれ、くり子ともっとなかよくしたくて……なのに、くり子は姉ちゃんのことばかり話すからさ。おれのこと、もっと見てよって思って……だからくり子の家族のことを悪くいっちゃった。でもそのせいで、くり子泣くし、くり子の姉ちゃんも泣くし、ママはオニババみたいに怒るし。おれ、どうしたらいいのかわかんなくてよ……ごめんな、くり子。くり子の姉ちゃんも、ごめんなさい」

どうやら翔太くんはくり子のことが嫌いなわけではないようだ。むしろもっと仲良くなりたくて、くり子の家族のことをネタにからかったってことかな……？

好きな子には意地悪したくなるっていう子ども特有の思考なのかもしれない。私にはちょっと理解できないけれども。好きな子には特別優しくしてほしいもの。

「翔太くんも『ごめんなさい』してくれてるよ。くり子はどうしたい？」

翔太くんも、翔太くんのお母さんも謝ってくれたし、私はこれで終わりでいいと思ったけれど、一番大事なのはくり子の気持ちだ。妹の思いを無視したくない。

くり子は頭を少し傾けて不思議そうな顔をしていたが、しばらくして翔太くんのすぐ前まで歩いていった。

「くり子も、ドンッて押してごめんね。くり子、もうしないよっ！　だから翔太くんも、おねいちゃんのこと、いわないで。約束してくれるぅ？」

「約束するっ！　くり子の姉ちゃんの悪口、ゼッタイいわない。約束やぶったら、針千本のむ！」

「くり子と翔太くんの約束、ゼッタイだよ。そしたらまたあそぼ！」

「うん！　あそぼう、くり子」

「じゃあ、お手て、ぎゅってしよ」

「『あくしゅ』だな、くり子。オトナがするヤツ！」

「うん、あくしゅ！　そしたら、くり子と翔太くんはおともだち」

「ああ、ともだちだっ！」

小さな手を出したくり子と翔太くんは、しっかりと握手して、あっという間に仲直りしてしまった。

小さい子って、すごい。こんなにも早く仲直りできるんだ。

翔太くんのお母さんも驚いた様子でふたりのことを見つめていた。

「小さい子って喧嘩しても、すぐに仲直りしてしまうんですね」

思わず呟いたら、翔太くんのお母さんも感心したように頷いた。

「そうね。難しく考えずに、柔軟に対応できるんだわ。頭の固い大人とはちがう」

頭が固い大人って、誰のことだろうか？　さすがにそれは聞き返せなかったけども。

「昨夜は家の中で散々泣きわめいて暴れるだけだった翔太が、今日はくり子ちゃんとお姉さんにきちんと謝った。くり子ちゃんと、しっかり仲直りもしたし。見習わないとよね、わたしも……よしっ！」

翔太くんのお母さんは私のほうに顔を向けると、ささやくように言った。

「あ、あの。くり子ちゃんのお姉さん。翔太が謝ったから、わたしも言うわ。昨日はひどいこと、言ったわよね。『母親がいない子は……』って。無神経なこと言ったって自覚してる。ご、ごめんなさい！　だからその、うちの翔太とくり子ちゃん、これからも仲良くさせてもらっていいかしら？　そうしないと翔太がまたギャーギャー泣いて暴れるのよ……」

少し恥ずかしそうに、けれどしっかりと、翔太くんのお母さんは昨日の暴言を謝罪してくれたのだ。

「大丈夫です。全然気にしていませんから。でもその代わりと言ったらあれですけど、少しお願いあるんですが、いいですか？」

　翔太くんのお母さんに言われた言葉は今も心の中でじくじくと痛んでいるし、忘れることはできそうにない。でも今は私の思いよりも、翔太くんと仲直りした妹の気持ちを大事にしたい。

「ちゃっかりしてるわね。お願いって何かしら」

「翔太くんの子育てで参考にした本とかサイトとか教えてくれませんか？　この際だから勉強してみたいんです」

「子育ての勉強って。あなたが頑張るつもりなの？」

「はい。私、くり子のお母さん代わりになりたいんです。もう二度と『母親のいない子は』って言われないために」

　最後の一言はちょっと嫌味な気がしたけれど、翔太くんのお母さんにはよく効いたようだ。ばつが悪そうな顔をしたあと、少し悔しげに笑った。

「昨日はあれほど怒鳴ったのに、今日は仲良くしてやってって、わたしもずいぶんと勝手なことを言ってるものね。わかったわ。できるだけあなたに協力する。参考にしていたサイトや育児書の情報を送るから、ＳＮＳの交換しましょう」

「はい！」

「わたしの名前は陽香（はるか）よ。ＳＮＳでは英字にしてあるからね。くり子ちゃんのお姉さん、あなたの名前も教えてちょうだい。名前がわからないと、やりとりしづらいし」

「私は杏菜です。野々宮杏菜。まだ高校生ですけど、くり子のお母さん代わりとして、これから頑張るつもりです」

「そうなのね。無理しないように頑張って。わたしもアドバイスできそうなことは協力するから。翔太とくり子ちゃん、これからも仲良くさせてちょうだいね」

「はい。くり子も翔太くんと仲直りしましたし。陽香さん、これからよろしくお願いします。あとですね、ついでにお願いしておきますけど。我が家のことを、おしゃべりのネタにするのは、どうかお控えくださいね。翔太くんが家の中で暴れてしまうように、それぞれの家庭によって、いろんな事情があるものですから」

「な、なんでおしゃべりしてたって知ってるの？」

「さぁ、なぜでしょう？　でも翔太くんと陽香さんとはこれからも良きお付き合いをしたいと思ってますので、どうかよろしくお願いします」

陽香さんは苦虫を噛み潰したような顔をしたけれど、やがて軽くため息をつき、片手を差し出してきた。

「無神経な噂話も控えると約束するわ。我が家だって、いろんな事情があるわけだしね。わたしたちも誓いの握手をしましょう。翔太とくり子ちゃんのように、これから仲良く付き合うためにね」

まっすぐに私を見つめて手を差し出した陽香さんは、屈託のない笑みを浮かべている。ごまかしではなく、本心から言っているように感じられた。

「こちらこそよろしくお願いします！」

こうして翔太くんのお母さんという子育ての先輩を得ることができた。ママ友という存在にはまだ遠いかもしれないけど、くり子と翔太くんが友だちなら、これからも顔を合わせることもあるだろうし。それなりに仲良くしていたほうが、きっといいと思う。『昨日の敵は今日の友』っていうしね。

こうして、くり子が保育園に通い始めて初めてのトラブルはなんとか収まった。けれど、私の奮闘はまだ始まったばかりだ。

第二章　私、「くり子のお母さん」になります！

「くり子、お父さん。今日から私、『くり子のお母さん』になるね！　本物のお母さんではないけれど、『お母さんの代わり』になって、くり子の子育てや躾を頑張るから」

翌朝、朝食を食べるくり子とお父さんの前で、胸を張って宣言した。

「母親の代わりになる」と言ったぐらいで、理想的な母親になれたりはしないと思うけれど、せめて妹には母親がいない寂しさや悔しさを感じてほしくなかったのだ。

くり子はきっと、「おねいちゃん、おかーしゃんになるの？　わーい！」って喜んでくれると思っていた。甘えん坊の妹だもの。

ところが妹は、無言のままなんとも言えない複雑な表情で私をじっと見つめている。何か言いたそうではあるのに、何も伝えてこない。そして私から目をそらすと、下を向いて朝食のトーストにかじりついた。

あ、あれ？

くり子、なんだかテンション低くない？　もっと喜んでくれると思ったのに。

「昨夜から気持ちは変わらないみたいだな、杏菜。くり子の母親代わりになりたいというその気持ちはありがたいけど、学校の勉強もあるわけだし、ほどほどにな」

食後のコーヒーを飲みながら、お父さんはなぜか苦笑いを浮かべている。ほどほどって、どういう意味よ？

「お父さん、私がくり子のお母さん代わりになること、反対なの？」

「反対なんてしないさ。杏菜のしたいようにしてみればいい」

私の決意に反対はしないけど、賛成もしないってところだろうか。私がくり子の母親代わりになれるわけがない、って思っているのかな。

「私、やるならとことんやるつもりだからね。それでもいい？　お父さん」

「いいよ。杏菜が決めたことをしてみればいい。くり子の父親としての役割は、俺がやっていくつもりだし」

くり子もお父さんも、私の決意をもっと歓迎してくれると思ったのに。どうして喜んでくれないの？

うん、今は反応が少ないけど、何かしらの結果を出せば、ふたりとも喜んでくれるかもしれない。うん、きっとそうだ。

「お父さん、くり子。私、頑張るから。くり子のお母さん代わりになります！」

お父さんは軽く拍手してくれたけど、くり子は無言のままだ。妹はまだ幼いから、よくわかっていないのかもしれない。

くり子が喜んでくれるように、努力していこう。立派なくり子のお母さん代わりになれるように。

「くり子、ごはんはよく噛んで食べなさい。食事は落ち着いて、ゆっくり食べるの」

「前のめりになって、ガツガツと食べない！　行儀悪いよ」

「好きなおかずばっかり食べないの。苦手なお野菜もしっかり食べようね。お味噌汁とごはんも忘れずに。順番にいただくようにするのよ」

『くり子のお母さん代わりになる』と宣言した日から、私の奮闘が始まった。

手始めは、くり子の食事中のマナーからだった。食事中は楽しく食べることが一番大事だと思っていたので、くり子の食事のマナーに関してはそれほど注意してこなかった。

　けれど保育園では他の園児と食事を共にするのだから、もっとマナーを教えるべきだったと今更ながら反省してる。食べ方がおかしいと、「くり子ちゃんにはお母さんがいないから」って言われてしまうかもしれないもの。

　食べることが好きな妹は、前のめりでかきこむように食べる癖がある。姿勢を正して、品よく食べるようにしないとね。あとお箸の使い方も少しおかしいから直していかなくては。

「くり子、ピーマンが残ってるよ。きちんと全部食べるまでは席を立ってはいけません」

　夕食の野菜炒めのピーマンを少しだけ残して、箸を置こうとしていた妹に注意をした。

「くり子、ピーマンきらいだもん」

　ピーマンが苦手なくり子のために、ピーマンの量は少なめに配膳してある。食べやすいように小さくカットしてあるし、幼児でも食べられるはずだ。

「くり子、今日はピーマン食べたくないの……残したらダメ？」

遠慮がちにピーマンを食べたくないと言ってきた妹に、すかさず注意をする。

「好き嫌いばかりしてると、大きくなれません。残さずしっかり食べなさい」

不服そうに口を尖らせたくり子が、上目遣いでじっと私を見てくる。反抗的な視線だけど、ここで私が簡単に折れたら駄目だと思う。母親代わりとして、厳しめに教えていかないとね。

「ほら、ちゃんと食べなさい。栄養のバランスを考えて作ってるんだから」

私から目をそらしたくり子は、自分のお皿をそっと父のほうへ滑らせた。自分の代わりにお父さんにピーマンを食べてほしいということだろうけど、そうはさせないんだから。

「こら、くり子！　行儀が悪いでしょ。出されたものは自分で食べなさい」

注意された妹はお皿からぱっと手を離し、うなだれてしまった。

「くり子のピーマン、美味しそうだなぁ。おとーしゃんがもらっちゃおうっと」

私とくり子の様子を見ていた父が、くり子のお皿に手を伸ばし、残ったピーマンを箸でとろうとした。

「お父さん、そういうことするのはやめて。私はくり子に好き嫌いせず、行儀よく食べることを教えてる最中なんだから」

「でもなぁ、杏菜。人間誰しも嫌いな食べ物のひとつやふたつあるんだから、そこまで怒らなくてもいいと思うぞ。くり子はよく食べるいい子じゃないか」

「いい子」という言葉に反応したのか、顔をあげた妹が嬉しそうにお父さんを見つめる。

「お父さん、私は別に怒ってないよ。残さず食べようね、って教えてるだけ。間違ったことは何も言ってないでしょ」

「まぁ、そうだけどさ」

苦笑いを浮かべた父は、自分の箸を手元に戻した。

「くり子、おねいちゃんのお話わかるでしょ？　ちゃんと食べようね」

「はぁい……」

少しだけ不満そうな表情をしていたけれど、くり子は残ったピーマンもきちんと食べてくれた。

「今日から寝る時間と起きる時間を決めるからね、くり子。規則正しい生活が大事だから」

くり子は朝が少し弱いようで、起きる時間が決まっていない。これからは同じ時間に起こすようにしなくっちゃ。朝の着替えもお片付けもひとりでやらせるようにしたい。

「くり子、お風呂の時間だよ。テレビを切って」

録画しておいた幼児向け番組を、くり子は嬉しそうに見ていた。何度見ても飽きないのか、くり返し同じものを見ているのだ。

「くり子、お風呂イヤ。まだコレ見るの」

「駄目よ。お父さんと一緒にお風呂に入ってしまいなさい。じゃないと寝る時間が遅くなってしまうでしょ」

くり子の生活を正そうと思うと、どうしても妹を注意することが増えてしまう。大切なことを教えているから仕方ないけど、頭ごなしに叱ったりしないように気をつけたい。

「はぁい、おねいちゃん……」

渋々ではあったけれど、テレビの前を離れ、お父さんと手を繋いでお風呂場へ向かった。

くり子のためを思って注意していることを、妹もわかってくれているのだと思う。

うん、さすがは私の妹だ。くり子は素直ないい子だもんね。


保育園に妹を迎えに行き、ふたりで帰宅すると、くり子と一緒に手洗いとうがいをすませた。慣れないうちは妹と一緒に帰宅するだけで、なんだか疲れてしまったけれど、最近はだいぶ慣れてきたと思う。

「おねいちゃん、テレビつけてもいい？」

くり子は夕方に放送されている幼児向け番組を見たいのだ。

「テレビよりも、明日の保育園のお支度をしておこう。あとね、おねいちゃん、いいもの買ってきたの」

「いいもの？　それって、なぁに？」

目をきらきらと輝かせながら、私を見上げる妹が可愛らしい。

「ほら、これだよ」

妹のためにと用意したのは、新しい色鉛筆のセットと幼児向けの絵日記帳だった。

「くり子、絵本も読むのも好きだけど、お絵描きするのも好きでしょ？　だから毎日の思い出を絵と日記にして残しておくといいと思ったの。文字を書く練習にもなるしね」

これまでは私が昔使っていた色鉛筆を使っていたけれど、そろそろくり子専用の色鉛筆を用意してあげたいと思っていたのだ。

「わぁ、いろんな色があるぅ！　おねいちゃん、ありがと！」

「これで毎日絵日記を描くのよ。できるかな？」

「くり子、できる！　できるよ」

「お利口さんだね。文字は少なくてもいいから、続けていこう」

「うん！　くり子だけのいろえんぴつ、うれしいなぁ！」

よほど嬉しかったのか、くり子は色鉛筆のセットと絵日記を胸に抱え、踊るようにくるくると回っている。

絵と文字を書くことで、文字のお勉強と記憶力や想像力の向上に役立つんじゃないかと思って買ってきたけど、これほど喜んでくれるとは思わなかった。

「うふふ。おとーしゃん、早く帰ってこないかなぁ。くり子の絵日記、おとーしゃんにも見せたいよぅ」

「おとーしゃんのことも描いてあげてね。きっと喜ぶよ」

「うん！　いっぱいかく！」

くり子の教育のためにと厳しめに注意することが最近は多かったので、時にはご褒美をあげたかったのだ。どれだけ頑張っても、くり子の本当のお母さんにはなれない。ならばせめて、私に教えられることは全部教えて、いっぱい可愛がってあげたいもの。

「おねいちゃんのこともかくよ！　おとーしゃんもおねいちゃんも、だいすきだもん！」

くり子が嬉しそうに叫びながら、私にぴったりとくっついてきた。私の思っていることに気づいたのかな？

「おねいちゃんも、くり子のこと大好きだよ！」

頭をくしゃくしゃと撫でながら、くり子に優しく語りかける。

「おねいちゃんね、くり子にきつく言うこともあるけど、それはくり子のことが嫌いになったからじゃないからね。くり子にいい子になってほしいからだよ」

「くり子、いい子だよぅ」

「そうだね。くり子はいい子よ。でもね、私やお父さん以外の人にも、いい子って思ってほしい。だからちょっとだけ厳しくしてるの。わかってくれるかな?」

我が家の事情を知らない人からくり子に、『母親がいない子は躾(しつけ)がされてない』って言われたくない、絶対に。

くり子は色鉛筆のセットと絵日記を抱えたまま、不思議そうに頭をかくりと傾(かたむ)けた。

「よくわかんないけど、くり子がんばる!」

「頑張る子はおねいちゃんも大好きだよ」

「うん!」

飛び跳ねて喜ぶ妹を微笑ましく見つめながら、くり子のために私がもっともっと頑張らないといけないと思った。


新しい色鉛筆のセットと絵日記のおかげか、くり子は私が教えることや注意を素直に聞いてくれていた。食事も残さず食べてくれるようになったし、かきこむように食べることもしなくなった。

絵日記も楽しく描いていて、保育園であったことや、私やお父さんと遊んだ思い出を幼児らしくて可愛い絵にしては私たちに見せてくれるのだ。

「くり子、おとーしゃんのこと描いてくれたのか？　嬉しいなぁ。どれどれ」

絵日記に描かれたくり子とお父さんの絵を眺めた父は、感心したように叫んだ。

「大変だぞ、杏菜。うちのくり子は絵の天才だ！　すごく上手い！」

真顔で娘を褒め称えるお父さんの前で、くり子は頬を赤くして照れくさそうに笑っている。

「えへへ。くり子の絵、じょうず？」

「ああ！　くり子の絵はすごいぞ。こんなに絵が上手いなら、将来は絵描きさんかな？　いや、人気イラストレーターさんか？」

「お父さん、ちょっと褒めすぎだよ」

親バカを炸裂している父を軽くなだめると、お父さんはくり子が描いた絵日記を私の顔面につきつけながら叫ぶ。

「でもさ、杏菜。うちのくり子の絵って、本気で上手いと思わないか？　おだてるわけじゃなくてよ」

「もう。本当にお父さんは親バカなんだから」

お父さんからくり子の絵日記を受けとり、改めて妹が描く絵を見てみる。私はお父さんほどくり子に甘くないからね？

「うーん……。お父さんの言うとおり、くり子は絵のセンスがあるかも……」

なんて言ったら、私も立派な親バカだろうか。本当の母親ではないから、姉バカかな？

「だろ、だろ？　くり子は絵の天才だと思うんだ！」

「天才かどうかはわからないけど、私が小さい頃に描いていた絵よりはずっと上手いと思う」

絵に詳しいわけではないが、くり子の描く絵日記は可愛らしくて、見る人を引き込む魅力がある気がした。娘を溺愛する父親と、妹を可愛がる姉の言うことだから、他の人が見たらどう思うかはわからないけれど。

「うふふ。くり子、これからもいっぱい絵日記かくね！」

お父さんと姉から全力で褒められた妹は、頬を赤らめながら嬉しそうに言った。

「おとーしゃん、新作を期待して待ってるぞ！」

「お父さん、新作じゃなくて、ただの絵日記よ」

「いいじゃねぇか。俺にとっては娘が描く絵は最高の作品だよ！」

娘が自分の絵を描いてくれると、父親というものはこんなにも喜ぶものなんだろうか。長女の前で歓喜する父が、ちょっと恥ずかしい気もする。

「うん、くり子もしんさく、いっぱいかくね！」

期待されていると素直に受けとったくり子は、小さな胸を精一杯張って宣言した。

父と娘、どちらも喜んでいるならいいかな。ふたりが楽しそうなら、私も嬉しいもの。

くり子の教育に力を入れながらも、家族で楽しく過ごしていたある日のことだった。

保育園から妹と一緒に帰宅して、晩ごはんの準備をしようと台所に立った時、妹が絵本を持って駆け寄ってきた。

「おねいちゃん、絵本よんでぇ」

「これからごはんを作らないといけないから、今は読めないよ」

できれば読んであげたいけど、家事や妹の教育に加えて、私は学校の勉強もしなくてはいけない。時間に余裕があるわけではないのだ。妹やお父さんにはできるだけ栄養バランスのいい食事を食べてほしいし、くり子には可愛らしい服装もさせてあげたい。ピアノとかバレエとか、習い事もできればさせてあげたいな。習い事教室への送り迎えもきっと必要だよね。

やりたいことと、やらなければいけないことがたくさんある。どうやって時間を管理すればいいのか、秘かに悩んでいるほどだった。

だからだろうか。朝起きた時や、家事をしている時、自分の体が少し重く感じることがあった。ただ、私はまだ十代だし、ちょっと疲れてるだけと気にしないようにしていた。

「おねいちゃん、絵本よんでぇ、よんでよぅ」

いつもは聞き分けのいい妹が、今日はやたらとまとわりついてくる。

「晩ごはんの支度ができないでしょ。テレビつけてもいいから、あっちでいい子にしていて」

「テレビつまんないもん。絵本よんでよぅ」

幼児向け番組にもう飽きてしまったんだろうか。困ったな。早く支度をしないと、どんどん時間が遅くなってしまうのに。

「絵本を自分で読んでみて。文字のお勉強にもなるしね。おねいちゃん、今忙しいのよ」

「やだ。おねいちゃんによんでほしいよぅ」

「だからね、おねいちゃん晩ごはんを作らないといけないの」

「おねいちゃぁん」

くり子がすがりついてくるので、包丁を出して野菜を切ることもできない。お父さんが今日は早めに帰ってこられるって言ってたから、早く作らないと時間がない。なのになぜ、くり子は私の言うことを聞いてくれないの？

「手が離せないって言ってるでしょ！」

苛ついた私は、つい大きな声を出してしまった。本気で怒ったわけじゃない。食事の準備をする間、離れてほしかっただけだった。

ばさりと、絵本が床に落ちる音が聞こえた。

音がしたほうを見ると、くり子が私をじっと見ている。

どうして怒るの？　くり子はおねいちゃんと一緒にいたかっただけなのに。

悲しみに満ちた視線で、私に語りかけているようだった。

ああ、私、くり子に怒鳴ってしまったんだ。妹にとって理想的なお母さん代わりになりたくて、頭ごなしに叱ったりしないよう気をつけていたのに。

「絵本は食事のあとで読んであげるね。それまでテレビを見ていてくれる？」

絵本を拾い上げて渡しながら、できるだけ優しく話す。くり子は静かに頷いた。

「うん……」

絵本を私から受けとったくり子は、絵本を抱えて居間のほうへ走り去っていった。

くり子を傷つけてしまったかな。でも今は食事の支度をしたかったのよ。ごめんね。

妹に心の中で詫びながら、手早く料理を作っていった。

食卓に配膳の準備をしていると父が帰ってきた。三人で晩ごはんを食べ始めると、くり子はお父さんと楽しそうに話している。

良かった。くり子の機嫌は直ったみたい。

食べ終えたら、食器を片付けてお風呂の準備をしないと。学校のテストが近いから、勉強もしないといけないな。明日のくり子は、どんな服装と髪型にしてあげようかな。

寝る時間までに、やらなければいけないことがたくさんある。忙しくて、私は妹に絵本を読んであげるという約束をすっかり忘れてしまっていた。くり子も、「読んでほしい」とは言ってこなかった。

絵本を読んであげる約束をすっかり忘れたまま、数日が経った。

「くり子、残さず食べようねって教えたよね？　どうして残してるの？」

食事を残さず食べてくれていた妹が、再び嫌いなものだけ残すようになった。

「だって、キライだもん。みどりのやつ」

「だから食べやすいように、お豆腐で白和え（しらあ）にしてあるじゃない」

くり子は緑色の野菜が苦手なようだ。でも赤い人参（にんじん）やお豆腐は好きなので、白和え（しらあ）にしたら食べてくれるかな？　と思って工夫して作ってみたのだ。少しでも食べやすくなるようにほうれん草は小さく切ったし、味付けも様々なレシピを参考にして作ってみた。

「ほら、食べて。美味しいよ」

白和え（しらあ）が入った小皿をくり子の前に置くと、妹は嫌そうな顔をして、お父さんのほうへ寄せてしまった。

「いやっ！」

強い口調で、くり子は拒否する。最近はこんなことなかったのに、どうしてしまったんだろう？

「わかった。ほうれん草の白和(しらあ)えは今日はもういいから、他のおかずはきちんと食べて」

メインのおかずはミートボールだ。幼い妹にも食べやすいよう、小さめに丸めてある。味付けはケチャップと中濃ソース、隠し味に醤油とお砂糖。子どもにも好かれやすい味付けだと思う。

「もう、いらない」

お皿のミートボールは、あとふたつ残っている。

「くり子のミートボール、まだ残ってるよ」

「いらない」

「残ってるってば」

くり子はミートボールのお皿も、お父さんのほうへ寄せてしまった。自分が残した食べ物を、全部お父さんに食べてほしいってこと？　なんて身勝手な行動だろう。

「自分の分はくり子が食べなさい！」

妹に向かって叫ぶと、くり子の体がびくっと揺れた。

しまった、と思った時には、くり子の目に涙がたまり始めていた。私がつい怒鳴ってしまったせいだ。

「おとーしゃんなぁ、今日は仕事ですごく疲れたから、ごはんたくさん食べたいんだ。だからくり子の分も、おとーしゃんがもらうな。ああ、美味しいなぁ。杏菜の料理はどれも最高にうまい！」

険悪な空気の中で、お父さんだけが笑顔で私の料理をぱくぱくと美味しそうに食べてくれる。

「今日のくり子は、ちょっとだけご機嫌ななめなのかもな。まぁ、そういう日もあるさ。でもな、おねいちゃんはくり子のために美味しい食事を毎日作ってくれてるんだから、そこだけは感謝しないとな。いつもありがとう、杏菜。くり子もおねいちゃんに、『いつもありがとう』って伝えてみようか？」

お父さんに優しく背中を撫でられたくり子は少し落ち着いたのか、泣くことはなかったけれど、無言でうつむいてしまった。

「くり子、おねいちゃんに『ありがとう』って言おう」

くり子は顔をあげようとせず、言葉を発することもない。私に何も言いたくないのかもしれない。こんなにも、妹のために頑張っているのに。

「くり子、あと少しだから食べて」

お父さんは私と妹の間に入って、喧嘩にならないようにしてくれているとわかっていた。だから私もそこで引き下がるべきだったのに、黙り込むくり子の様子にカッとなってしまった。

「くり子、食べなさい！　わがままは許さないからね！」

気づけば妹を、厳しく叱っていた。自分でも信じられないほどの怒鳴り声だった。

「杏菜、そんなに大きな声を出さなくても……」

驚いたお父さんが立ち上がると、その横で、くり子が自分の箸を無言で掴みとった。

ミートボールふたつと残った白和えを次々と口の中に押し込み、もぐもぐと口を動かし続ける。

笑顔で美味しそうに食べる普段のくり子とは、正反対の姿だった。最後のひとくちを口の中に押し入れると、くり子はぱちんと手を合わせた。

「ごちとーたまでした」

頬についたケチャップを手でぐいっと拭いとると、くるりと背を向け、妹はすたすたと居間のほうへ歩いていってしまった。

　言われたとおり、くり子は全部食べてくれた。けれどなぜだろう？　心がすっきりと晴れない。

「杏菜、明日は土曜日だし、くり子の世話は俺がやるから、少し休め。朝食もパンと牛乳ですませるし、洗濯もやる。昼ごはんは何か買ってくるから」

「駄目だよ、そんなの。休日でも朝と昼はちゃんと食べないと。私、頑張るから」

「杏菜、おまえはちょっと疲れてるんだと思う。だから少しの間、くり子と離れてみたほうがいい」

「でも、私」

「杏菜、おまえはよく頑張ってるよ。ありがとう。でもな、精一杯頑張り続けると、人間は疲れてしまうものなんだ。それは大人も同じだよ。だからせめて少しだけでも休んでくれ」

「お父さん……」

　お父さんの気遣いは嬉しかったけれど、素直に受け入れていいものかわからなかった。

「明日の朝はゆっくり寝てくれ。くり子は俺が公園に連れていくから。俺からのお願いだと思って聞いてほしい」

「うん……」

お父さんにここまで言われたら、従うしかなかった。

ゆっくり寝てくれ、と言われたからだろうか。その日は倒れるように眠ってしまった。何時に布団に入ったのか、まったく覚えていない。

くり子が我が家に来た頃のことを夢で見ていた。

初めて、「おねいちゃん」と呼ばれた瞬間のこと。驚いたけど、不思議と悪い気はしなかった。

私が作った食事を、嬉しそうに食べてくれたこと。親子丼も梅干しのおにぎりも、「おいちい」って言って食べてくれたっけ。

牙が生えていたからか、たどたどしい言葉で話しかけてくれたこと。あの頃よりは、くり子はずっと上手にお話しできるようになったけれど、今でも私のことを、「おねいちゃん」と呼ぶ……

気づけば、カーテンの隙間から差し込む日の光で目が覚めた。今は何時だろう？と思い、目覚まし時計をのぞき込む。

「うそ、もう十時？　あと二時間でお昼？　やだ、寝坊しちゃった！　お父さんとくり子の朝食、お昼も用意しないと！」

慌てて布団から飛び起き、手早く着替えて自分の部屋から飛び出る。

「寝坊するなんて、なんてことしてしまったのよ」

朝は強いほうで、いつも自分で起きられるのに、今日は信じられないほど熟睡してしまった。

「お父さん、くり子、おはよう！　今すぐ準備するね！」

挨拶をしながら居間に飛び込むと、そこに父と妹の姿はなかった。

「あれ……？」

台所も確認したけど、お父さんもくり子もいなかった。食卓の上に、一枚のメモ用紙が置かれていることに気づいた。

『杏菜へ。くり子にはパンと牛乳で朝食を食べさせたよ。洗濯もして、全部干してある。くり子と一緒に公園へ行ってくるので、杏菜は自分の好きなことでもして、ゆっくり休んでください。父より』

　メモを見て、ようやく昨夜お父さんに、「少し休め」と言われたことを思い出した。私がよく眠れるように、くり子を早めに公園に連れていってくれたのかもしれない。

「お父さんが全部やってくれたんだ……じゃあ、私が慌てて起きる必要はなかったし、寝坊しても大丈夫だったんだ」

　寝坊してもいい朝なんて、いつぶりだろう?

　私のお母さんが病気で亡くなってからずっと家事をやっていた。だから朝はいつも忙しかった。寝坊したことは、ほとんどなかったと思う。

「朝食も私ひとりってことね。だったら、特に作らなくてもいいかな……」

　いつもなら、お父さんとくり子のためにと休日でも朝食をしっかり準備していた。でも私ひとりだと、何か作ろうとは思えなかった。

「私も、パンと牛乳で簡単にすませておこう」

　食パンをトーストするのも面倒に思えて、そのままジャムを塗り、遅い朝食をひとりで食べた。いちごジャムの甘さを口の中で感じながら、牛乳で喉の奥へ流し込む。美味しいと感じることもなく、もくもくと食べた。まるで作業でもしているみたいだ。

「そういえば我が家はいつも、いちごジャムなんだよね。くり子が好きだから」

いちごジャムたっぷりのトーストを、マグカップに入った牛乳にちょっとだけひたして食べるのが、くり子のお気に入りの食べ方だ。いちごミルクのように感じるらしい。

「でも行儀が悪いから、って私がやめさせたんだっけ……」

くり子には行儀良く、マナーを守って食事をしてほしかった。『お母さんのいない子は躾がされてない』って言われないように。

「でもお休みの日ぐらい、好きに食べさせてあげても良かったかもしれない……」

くり子のことを考えながら、パンと牛乳を食べ終えた。

「ごちそうさまでした」

バランスのいい食事ではないけれど、時にはこんな簡単な朝食でも許されるのだろうか？

「でもくり子のお母さん代わりになるって決めたし。妥協したらダメだよね」

もっと頑張らなくてはと決意しながらも、昨夜お父さんに言われたことを思い出す。

『杏菜はちょっと疲れてるんだよ。少し休んだほうがいい』

お父さんに心配されてしまうほど、私は疲れていたのかな。自分ではよくわからないけれど、くり子の反抗的な態度に苛立ってしまったのは確かだった。妹はまだ幼いのだから、時には反発することだってあるだろう。反抗してくることも成長の証だと思うのに、私はいちいち怒ってばかりいた。

「やっぱり疲れていたのかもしれない。今日だけは少し休ませてもらおうかな」

お父さんからのメモには、『杏菜は自分の好きなことでもして、ゆっくり休んで』って書いてあった。

「うん。お言葉に甘えて好きなことして、気分転換しようかな」

今日だけは自分の時間を持ってもいいかな。時にはお休みするのもいいと思う。

「じゃあ私の好きなことを……あれ？　私の好きなことってなんだっけ？」

そういえば、趣味と呼べるものも特にない気がする。料理は好きだけど、それは毎日の家事の一環だし、趣味とは少し違う気がした。

「家事や、くり子の世話で毎日必死だったもんね。学校の勉強もあったし、趣味とか気分転換とか、考えたこともなかった……」

隙間時間で好きな紅茶を飲んで、ホッとリラックスすることはあったけれど、それは趣味ではない。特技というほど他の人よりも秀でているものもない。

「ひょっとして私、家事以外は特に趣味や特技もない、つまらない人間だってこと？」

趣味がないからって、ダメな人間ってことにはならないかもしれない。でも自分が好きだと思うものがすぐに思い浮かばないのは、ちょっと悲しいことのように感じた。

「好きなものがないなら、私は将来何をすればいいんだろう？」

高校の同級生には、すでに進路を真剣に考えている人も多い。大学進学に向けて勉強を頑張ってる子もいるし、就職して早くお金を稼ぎたいって子もいる。留学したいって言っている友達もいた。

私は家のことや妹の世話ばかりで、進路のことを真面目に考える余裕がなかった。

「私、このままでいいのかな……」

くり子の世話も、家事も自分でやると決めたことだ。後悔や不満があるわけではない。今はくり子のお母さん代わりになろうと毎日頑張っているけれど、本当にそれでいいんだろうか？

友達は将来の目標を見つけて一歩ずつ歩んでいるのに、私はずっと妹のお母さん代わりをするの？　高校を卒業したら、友達はそれぞれの道を歩み、未来に向かって羽ばたく。私だけが、家の中にいるの？　くり子のお母さん代わりとして。

でも妹のお母さん代わりになろうと考えたことだって、適当に決めたわけじゃない。くり子の幸せを思えばこそだ。

「だけど、くり子は私の決意を喜んでないみたいなんだよね……。お父さんも反対はしなかったけど、賛成もしてない」

家族のためにと頑張ってきたことが、空回りしているような気もする。

「なんだか、わからなくなってきちゃった……」

誰もいない静かな台所をぼんやりと眺めながら、自分について考える。時にはこんな時間があってもいいのかもしれない。

お父さんに言われた、「自分の好きなこと」はよくわからなかったけれど、考えるきっかけにはなったと思う。

「くり子は好きなこと、いっぱいあるよね。お父さんや私と遊ぶことが好きだし、公園で遊ぶのも好き。保育園も楽しく通えているし。家の中なら、かくれんぼと絵本とお絵描きが好き」

絵本、と言葉にして、ようやく思い出した。

「そういえば私、くり子に絵本を読んであげるって約束、忘れてた……」

忙しくて時間がないと焦り、妹との約束なんて少しも覚えていなかった。

「くり子がどことなく不機嫌だったのは、そのせいかな……。ということは、元々は私が悪かったってこと？　だけど私だって遊んでいたわけじゃないし」

理由はあれど、約束を忘れていたのは事実だ。

「くり子に悪いことしたよね。あとで謝ろう」

約束を忘れていたのは私だものね。そこは認めないと。

「謝るだけじゃ気まずくなりそうだし、絵日記のこと褒めてあげようかな」

家事と育児の忙しさを理由に、くり子が描いている絵日記の続きを見ていなかった。

「くり子、私の小さい頃よりも絵が上手いのよね。今のうちに見させてもらおうっと」

台所から居間へ移動し、サイドボードの前に立った。絵日記を描き終わったら、ここにしまっておくよう、くり子に伝えてあるからだ。

くり子の色鉛筆が誇らしげに置かれている横に、くり子の絵日記帳もあった。

「くり子、おねいちゃん見させてもらうね」

絵日記帳をぱらぱらとめくると、妹は絵日記を毎日きちんと描いていた。日付けを間違えている日もあったし、日記の文章がない日もあったけれど、絵だけは毎日描かれていた。

「くり子、すごい！　私は日記って続かなかったのに」

私が勧めたことだけれど、くり子は真面目に取り組んでくれていた。それが何より嬉しかった。

「くり子の絵、やっぱりいいなぁ。色使いとか絵のタッチっていうの？　描き方も好き」

妹の絵に感動しながら絵日記帳をめくり、最後は昨日の絵日記だった。

「え？　何これ……」

昨日の絵日記には、私とお父さん、くり子の絵が描かれていた。

それだけなら驚きはしない。くり子の絵日記の定番だ。

けれど昨日の絵日記はいつもとは違っていた。

くり子とお父さんが仲良く手を繋いでいる横で、私だけ少し離れた場所にいた。そして私の頭には、ありえないものが描かれていた。

私の頭には二本の長い角があったのだ。怒っている姿を描いているのか、顔もとても怖そうだ。

　さらにその横には、たどたどしい字で文字が書き込まれている。

『オニおねいちゃん』

　くり子は私のことを、『オニ』と書いていたのだ。

　自分が鬼の娘だから、姉の私もという意味ではない気がした。私のことを、鬼婆（おにばば）ならぬ、鬼のような、怖いおねいちゃんと思ったってことだ。

「うそ、でしょ……？」

　くり子に辛い思いや寂しさを感じてほしくなくて、お母さん代わりになろうと、あれほど頑張っていたのに。

「くり子が私のことを鬼みたいって？　そ

んなにも私のことが嫌いだった……?」

ショックだった。現実を受け止めきれなくて、はぁはぁと浅い呼吸をくり返す。

確かに礼儀やマナーを教える時は厳しく接したかもしれない。でも色鉛筆や絵日記帳をあげたりして、フォローはしていたつもりだった。くり子も私の思いを理解してくれていると思っていた。

「くり子が、『母親がいない子は躾がされてない』って言われるのは嫌だったんだもの。私みたいに、お母さんがいなくて寂しいって泣いてほしくなかった。だから……」

すべては可愛い妹のため。

私がしてきたことは、何もかも無駄なことだったの?

くり子が描いた絵だって信じたくない。でもこの絵日記帳を使ってるのは妹だけだ。ということは、やはりくり子は私のことを鬼婆のような怖い存在と思っていた……

「なんでよ、くり子……」

悲しくて、辛くて、悔しくて。思考を整理することができない。体が震え、視界が涙でぼやけ始めた時、お父さんの呑気な声が玄関から届いた。

「杏菜、帰ってきたぞー。お昼にハンバーガーとポテトを買ってきたから、家族みんなで食べよう。杏菜が好きなアップルパイもあるからな」

人気ハンバーガーチェーン店の袋を抱え、お父さんとくり子が居間に入ってきた。

「杏菜、ここにいたのか。ゆっくり眠れたかい？」

お父さんが優しい笑顔で私に話しかける。

「お父さん、ありがとう。おかげでゆっくり眠れたよ」と伝えたかったのに、言葉が出てこない。

父の後ろから、くり子がひょっこりと顔を見せ、照れたような表情で笑った。

「おねいちゃん、あのね。これ、おねいちゃんのすきなやつ。アチチだから、気をつけて」

くり子が手袋をつけて持っていたのは、私がたまに自動販売機で購入している缶のミルクティーだった。くり子との公園遊びで寒くなると、ホットのミルクティーを自動販売機で購入して、体を温めていたのだ。

「くり子な、おねいちゃんが好きなミルクティーだからって、自分が絶対持って帰るって言って聞かないんだ。缶が熱くても頑張って運んだんだぞ。な？　くり子」

「うん！」

妹は小さな胸を前につきだして、誇らしげに返事をした。

「そう……。ありがとう。でもね、くり子。これは何？」

くり子によく見えるように、「オニおねいちゃん」が描かれたページを突きつけた。

「くり子にとって私は、鬼婆（おにばば）みたいな、こわーい存在なのね。あなたが私をどう思ってるのか、よーくわかりました」

くり子の手から、ミルクティーの缶がぽとりと床に落ち、ころころ転がっていった。私に見られると思っていなかったのか、くり子は凍りついたような表情で私を見上げている。

ひょっとしたら、私に怒られたことで衝動的に描いてしまっただけなのかもしれない。

けれども今の私は、くり子の絵が悲しすぎて、妹の気持ちを思いやることができなかった。

「おねいちゃんはね、くり子のために毎日頑張ってたんだよ。くり子にも、おねいちゃんにも、本当のお母さんはこの世にいない。だからせめて、くり子にだけは寂しい思いをさせたくなくて、お母さん代わりになれるようにって。なのに……」

幼い妹を責めてもどうしようもないのに、言わずにはいられなかった。

「くり子は本当は私のこと、嫌いだったのね？　だから、『オニおねいちゃん』なんて描いたのよね」

言葉にしているうちに、涙がこぼれてきた。私がしてきたことはなんだったのだろう？

「ち、ちがうよぅ！　おねいちゃんのこと、すきだもん。だいすき！」

「じゃあなぜ、こんな絵を描いたのよ！　くり子のためにお母さんになろうとしていた私の気持ち、わかってくれなかったの？」

気づけば妹に向かって、泣き叫んでいた。まるで私のほうが幼児みたい。みっともないってわかっているのに、抑えられない。

「杏菜、落ち着け。おねいちゃんに怒られたから、ちょっとした悪戯心で描いただけだろう。そう怒るな」

お父さんが慌てて私とくり子の間に入り込み、私をなだめるように肩をぽんぽんと軽く叩いた。

「……もん」

くり子が小さな声で、ぶつぶつと何かを言っている。

「ん？　くり子、なんて言ってるんだい？」

膝を床につけて、腰を低くしたお父さんはくり子のほうへ顔を向ける。

「くり子、おねいちゃんに、おかーしゃんになってって、いってないもん。うれしくないもん！」

くり子は大きな声で、私に向かって訴えた。大きな目から涙がぽろぽろとこぼれている。

「ああ、そう！　おねいちゃんも、くり子がそんなにわからずやとは思わなかったよ。くり子のことなんて、もう知らないから！」

姉妹揃って、泣きわめいている。初めての大喧嘩だ。

「なんでぇ？　なんで、そんなことというのぉ？　くり子は、くり子はおねいちゃんのことぉ……うわぁぁーん！」

甲高い声で泣き叫んだかと思うと、くり子はくるりと背を向け、玄関から外に飛び出していってしまった。

「あっ、待て、くり子！　杏菜、ふたりで追いかけよう」

「でも、くり子は私のことが嫌いで、あんな絵を……」

「そんなわけないだろ？　さっきも言ったけど、くり子は杏菜に喜んでほしくて、熱いミルクティーの缶を一生懸命持って帰ってきたんだぞ。フライドポテトもハンバーガーも、おねいちゃんと一緒に家で食べるんだって、杏菜の好きなものばかり選んでいたのに」

「そう、なの？」

「そうだよ！　おねいちゃん喜んでくれるかな？　って嬉しそうに。あんなに姉大好きな子が、杏菜のことを嫌うわけないだろ？　早く追いかけよう。あんな状態だと道路に飛び出してしまうかもしれない！」

　くり子が道路に飛び出し、車にひかれる姿を想像してしまった。

　いやだ、そんなの絶対に！

「探しに行こう、お父さん！」

　起きてから髪の毛さえ梳(と)かしていなかったから、寝ぐせだらけの頭だったけれど、そんなことかまっていられなかった。くり子のほうが大事だもの。

　お父さんと一緒に外へ出てみたが、見える範囲にくり子の姿はなかった。

「どこに行ったの、くり子」

「公園かもしれない。おねいちゃんとよく遊んだって、くり子、楽しそうに俺に話してくれたから」

「きっと公園にいるよね？　急ごう、お父さん」

公園へ行く道なら、くり子も慣れているし、車との接触の可能性も少ないように思えた。

くり子、どうか公園にいて！

息を切らしながら、馴染みの公園へ走っていく。

「あっ、いた！」

くり子は公園のすべり台の上で、ひとりでぽつんと座っていた。まだ泣いているのか、ひっく、ひっくとすすり泣く声が響いている。

「おーい、くり子」

お父さんが呼びかけると、くり子は驚いたように立ち上がった。そして、私たちから逃げたいのか、すべり台の頂上からぴょんと飛び降りたのだ。

「くり子、危ないっ！」

大変だ！　すべり台の頂上から落ちたら、きっと大怪我だ。

ところがくり子は、猫のようなしなやかな動きでくるりと空中回転を披露して、見事に地面に着地したのだ。

「ええっ⁉」

「うそだろ⁉」

仰天している私とお父さんの前で、くり子は幼児とは思えない速さで走った。

「うわぁぁーん！　おねいちゃんがおこったぁ」

公園の中心にある木の近くに到着すると、妹は小さな足で地面を蹴りつけた。すると今度は、信じられない跳躍力（ちょうやくりょく）で木の枝に飛び乗ってしまう。

「おねいちゃん、おこってるぅ。くり子のこと、もう知らないってぇ。うぇーん」

木の枝の上にちょこんと腰を下ろすと、妹はおいおいと泣き続ける。

泣いてる姿はどう見ても幼児なのに、すべり台の上から飛び降りたり、木の上にジャンプしたりする姿は、人間の子どもとはとても思えない。

「ひょっとして、くり子の中に眠る鬼の力が目覚めてしまったの？」

そうとしか思えなかった。くり子を産んだお母さんは、正真正銘の鬼だったのだから。

以前は銀の角と牙を持っていた妹だったが、くり子のお母さんのおかげでそれがなくなり、見た目だけは普通の人間の子になれた。けれど半妖の子であることまでは変えられない。あやかしの血や力が消えたわけではないのだ。

「と、とにかく、くり子を降ろそう。人に見られたらまずい」

幸い、土曜日の昼食の時間帯だったからか、人は少なかった。少しだけいる人も、ベンチでスマホを見たり、うとうと居眠りする高齢の人だったりして、くり子の動きを見ていなかったようだ。

「おーい、くり子。降りられるか？　おとーしゃんがそこまで行こうか？」

お父さんが周囲を気にしながら、くり子に話しかける。

「やだぁ。おねいちゃん、おこってるもん」

木の上でくり子は鼻をすすり、めそめそと泣いている。私に怒られたことが、悲しくてたまらないみたいだ。

その姿は、「オニおねいちゃん」とくり子に描かれたことが辛くて幼い妹を詰(なじ)ってしまった私と変わらない気がした。

くり子のお母さん代わりになるって頑張っていたけど、私はそんなに立派な人間ではないのかもしれない。幼い妹と同じ、まだ未熟な存在なんだ。くり子より少しだけ、できることが多いだけだ。お父さんみたいな大人には、まだなれそうにない。

そう思ったら、くり子に子どもっぽく怒ってしまった自分が急に恥ずかしくなってしまった。くり子より年上で、姉なのに。

気がつくと、妹への怒りも消え失せていた。

「くり子、おねいちゃん、もう怒ってないよ。おねいちゃんね、ちょっとだけ疲れていたんだと思う。叱ってごめんね、くり子」

くり子のためと思っていたけれど、妹は私が母親になろうとすることを望んでいなかったのかもしれない。お父さんだって、「ほどほどにな」としか言わなかったもの。

「おねいちゃん、オニみたいになって、プンプンしない？　くり子ね、絵日記にかいたら、おねいちゃんが優しいおねいちゃんに戻ってくれるって、思ったの……」

くり子は私のことを嫌っていたわけじゃなかったんだ。妹に苛立ち、怒って鬼のような形相になるのをやめてほしかったのね。

絵日記に描いたぐらいで私は変わらないと思うけど、幼い妹にできる精一杯の抵抗だったのかもしれない。

「もう鬼にはならないよ。だから木から降りてきて」

「ほんとぉ？」

「うん。おねいちゃんとお昼ごはん食べよう。ミルクティーやハンバーガーを買ってきてくれたのよね？」

木の上から私の様子をうかがっていたけれど、嘘ではないと気づいた妹は涙を袖口で拭いた。そしてにかっと笑い、木の上からぴょんと飛び降りたのだ。

「きゃ！」

「うぉ？」

驚く私とお父さんの目の前に、くり子はくるりと一回転して、きれいに着地した。

「おとーしゃん、おねいちゃん、お昼たべよっ！」

愛らしい無邪気な笑顔を見せてくれたけど、その動きはとても幼児とは思えない。

「あ、あのね。どこも怪我とかしてない？」

「足、痛くないか？　くり子。おとーしゃんがおんぶしてやろうか？」

「どこもいたくないよ。なんでぇ？」

にこにこと笑って、自分が何をしたのか、理解できていない様子だった。

お父さんと小声で、「話はあとにしよう」と相談し、まずは三人で家に帰ることにした。

「おねいちゃん、おとーしゃん。お手て、つないで？」

くり子は両方の手を、私とお父さんに向かって差し出した。

「うん。そうだね、手を繋ごう」

「そうだな。家族三人でな」

くり子を真ん中にして、右はお父さん、左は私で手を繋ぐ。三人で横に並んで、ゆっくりと家に向かって歩いた。

「なんか久しぶりだなぁ。こうして三人で歩くの。いつまでこんなふうに歩けるかな。おとーしゃんはずっと三人で歩きたいけどよ」

少し寂しそうに、お父さんが言った。

お父さんの言うとおりかもしれない。くり子が幼いから、今はこうして手を繋いでいるけれど、もう少し大きくなったら恥ずかしがって手を繋ぐことはなくなるだろう。

「今だけだよね、きっと。三人で手を繋いで歩くことは」

くり子はすぐに大きくなるだろうし、私だって高校生のままではいられない。時は流れていくのだから。

私がくり子の立派なお母さん代わりになったとしても、ずっと続けることはできないだろう。だって私は、くり子の姉であって、本当のお母さんではないんだもの。

くり子とどう接していくべきなのか考えながら歩いていると、やがて我が家に到着した。

「ただいま」

私が言うと、お父さんもくり子も笑顔で言った。

「ただいま、我が家！」

「くり子もいう！　ただいま！」

いろいろ問題はあるけれど、馴染(なじ)んだ家に到着すると、ほっと安心するのはなぜなのだろう。不思議だな。

「買ってきてくれたハンバーガーとポテト、冷めちゃったよね。今から軽く温めるね」

「頼むな。俺はくり子に手をしっかり洗わせてくるよ。なんせ木に登ってたもんな」

「うん。お願い」

お父さんとくり子が洗面台に行っているうちに、フライドポテトをオーブントースターのトレーに載せ、焦げないように気をつけながら温める。袋からハンバーガーを出すと、袋の底にはナゲットも入っていた。

「ナゲットも買ってきてくれたんだ。でも冷めちゃったから、味が少し落ちてるよね。簡単なディップソースでも用意しようかな」

冷蔵庫に常備してあるベビーチーズを取り出すと、軽く刻んで耐熱性の器に入れる。牛乳、コクを出すためのマヨネーズ、塩コショウ少々と共に電子レンジへ。チーズが溶けているのを確認したら、よく混ぜて簡単チーズディップの完成だ。

「もうひとつはお父さん用かな」

小さい器にツナ缶半分と無糖ヨーグルトを入れ、カレー粉、粗びき黒コショウ、風味づけにオリーブオイルを少しだけ入れてよく混ぜる。ヨーグルトの代わりにマヨネーズでも美味しいけど、今日はヨーグルトでヘルシーにしよう。

「簡単ツナカレーディップの完成。残ったツナ缶は今晩のサラダ用に残しておこう」

ナゲットとハンバーガーを電子レンジで軽く温めたら、おうちハンバーガーランチの出来上がり。

「お父さん、くり子、食べよう！」

食卓の上にずらりと並べたハンバーガーとポテト、ナゲット。手作りディップソース以外は買ってきたものだけれど、たまにはこんなお昼もいいのかもしれない。

「おお、わざわざソースを作ってくれたのか？　ありがとな、杏菜」

「混ぜるだけの簡単なものだからね。つける時は少しだけにしてね」

「くり子ねぇ、ポテトすき！」

「くり子もフライドポテト好き？　実はおねいちゃんも好きなんだ」

「おとーしゃんも好きだぞ。杏菜もくり子も俺に似たんだなぁ。うん、うん」

味の好みが親子で似ていることを嬉しそうに呟くお父さんはスルーして、くり子と共に椅子に座って手を合わせた。

「いただきます」

お父さんも慌てて自分の席に座り、手を合わせる。

「いただきます！　さてと、俺はナゲットからもらおうかな」

「私はまずはフライドポテト」

「くり子も、ポテト！」

「フライドポテトはまだ熱いから気をつけて。おねいちゃんが、フーフーしてあげようか?」

オーブントースターで温めたポテトは、冷めてしなびてしまった表面もカリッとしたけれど、幼児が持つにはまだ熱い。

「くり子、自分でやる。ふーふー！　やる」

アチチと言いながら、くり子はポテト一本だけを手で掴みとり、ふーふーと息を吹きかけて上手に冷ましていく。

「はい、おねいちゃん！　おくち、あーんして」

冷ましたフライドポテトを、くり子は笑顔で私のほうへ差し出した。

「え?　くり子、最初のポテトはおねいちゃんにくれるの?」

「うん！　いちばんはおねいちゃん。はい、あーん！」

どうやら妹は、一番最初のフライドポテトを私に食べさせたいらしい。

「い、いいよ。おねいちゃん自分で食べるから。それはくり子が食べて」

くり子だけならともかく、お父さんの前で妹にあーんして食べさせてもらうのは、ちょっと恥ずかしい。

「お、いいなぁ。おねいちゃんのあとに、おとーしゃんにも、あーんしてくれるか？　くり子」

「うん！　おとーしゃんにも、あーんする！」

うう、「おねいちゃんのあとに」って言われたら、私だけ拒否するわけにもいかない。くり子と仲直りするためだと思って、恥ずかしくても受け入れよう。

「あ、あーん」

くり子に向かって口を開けた。

「はい、あーん！」

くり子の小さな手から私の口へ一本のフライドポテトが差し込まれる。ぱくりと口を閉じて、もぐもぐと咀嚼（そしゃく）した。油で揚げられたカリカリのポテトに、適度な塩分がきいていて、とても美味しい。

「フライドポテト食べるの久しぶり。美味しいね」

「ほんと？　わーい。おとーしゃん、おねいちゃんがポテトおいしいって！」

くり子がフライドポテトを作ったわけでもないのに、得意気な顔をしているのが可愛い。

「良かったなぁ。くり子がお店で選んだもんな！　じゃあ今度は、おとーしゃんに、あーんしてくれ」

豪快に口を開け、くり子の「あーん」を催促するお父さん。あまりにも大きく口を開けているので、くり子が若干引き気味になっている。お父さんは、娘の様子に気づいていないようだ。

くり子はフライドポテトを一本掴みとると、投げるようにお父さんの口の中へ放り込む。

「うーん、うまい！　娘から食べさせてもらうポテトの味は格別だなぁ」

満面の笑みでお父さんはフライドポテトを食べている。娘から、「あーん」してもらうのが、そんなにも嬉しいのかな。くり子が引き気味だったことは、黙っておいてあげよう……。

「ポテト、おいしいねぇ」

今度は自分の番とばかりに、くり子はフライドポテトにぱくんとかじりつく。

「ナゲットもうまいぞ。杏菜が作ったディップソース、ナゲットにもよく合う」

「本当？　私もやってみよう」

「くり子もするぅ」

「おっと、メインディッシュのハンバーガーも忘れず食べような」

「はーい」

お父さんと私とくり子。家族三人でいただくおうちハンバーガーランチは賑やかな時間となった。礼儀作法とかマナーとかを教えるのも大事なことだけれど、一番大切なのは食事を楽しく、そして美味しくいただくことなのかもしれない。だって、くり子もお父さんも、とても楽しそうだもの。ハンバーガーやフライドポテトが美味しいからだけじゃないと思う。

「そうだ、忘れるところだった」

私はフライドポテトで汚れた手を付属のペーパーナプキンで拭きとると、「あるもの」を探しに行く。

「えっと、確かこの辺に転がっていったような……あっ、発見」

探していたのは、くり子が私のためにと熱いのを我慢して持って帰ってきてくれたミルクティーの缶だ。

すっかり冷めてしまったので、缶のプルトップを開け、マグカップに流し込む。

カップを電子レンジで温めたら、ほかほかミルクティーの完成だ。

「くり子、おねいちゃんのために買ってきてくれたミルクティー、いただくね。温め直したから、ほかほかだよ」

ミルクティーの缶とマグカップを妹に見せると、くり子は目を輝かせ、うんうんと頷いた。

「おいし？　おねいちゃん！」

「うん、美味しい。このミルクティー好きなんだ。ありがとうね」

くり子が私のためにと運んでくれたミルクティーは、香り豊かな紅茶とコクのあるミルクの味わいが絶妙で、いつも以上に美味しく感じられた。私がたまに飲んでいるのを妹が覚えていてくれたことも嬉しいな。私に温かいまま飲ませたくて、熱い缶を懸命に運んでくれていた姿を想像するだけで、心がほっこりしてくる。

その優しさがすごく嬉しいよ、くり子。

楽しいランチタイムが終わってしばらくすると、くり子は眠そうに目をこすり始めた。

「くり子、眠いの？」

「あのねぇ、体がぽかぽかしてるのぉ……」

「今日はいろいろあったもんな。少しお昼寝しよう。おとーしゃんが抱っこでお布団まで運んでやろうか?」

お父さんの言葉に、くり子は軽く首を横に振る。

「じぶんで、いけるもぉん……」

妹はふらりと立ち上がり、ぽてぽてと歩き出した。その足取りは今にもすてんと転びそうだけど、お父さんが後ろから見守ってくれているから大丈夫。

「くり子を寝かしてくるよ」

「うん。私はここを片付けておくから」

ふらふら歩く末娘を心配そうに見下ろしながら、お父さんは両の手を開いたり閉じたりしている。父としては抱っこして寝室まで連れていってあげたいのかな。そのほうが早いし、安心だものね。でも「ひとりで歩ける」という我が子の思いを大切にしたいのかもしれない。

食べるとすぐに眠くなってしまうところがまだ子どもだなって思うけれど、妹は日々成長していると感じる。

ハンバーガーの包みをゴミ箱に入れ、食卓を拭いていると、お父さんはすぐに寝室から戻ってきた。

「くり子、布団を敷いてやったら、こてんと寝ちまった。可愛いもんだよ」

「くり子なりに大活躍の日だったもんね。それにしても、くり子の今日の動きはすごかったね」

「そうだなぁ……。すべり台や木の上から、くるりと一回転して見事に着地してたよな。見た時は腰が抜けるぐらい驚いたけどよ」

「木に登るのだって、ジャンプで軽々と飛び乗ってたし。あれって、やっぱり鬼の子の力が目覚めたのかな？」

　くり子のお母さんである野分さんは、本物の鬼だった。野分さんのおかげで見た目が人間と同じになったから、たまに忘れてしまうけど、くり子は正真正銘あやかしの子なのだ。お父さんの娘でもあるから、正確には半妖の女の子だけれど。

「くり子が寝たら、杏菜と相談したいって思ってたんだ。小夜さんや銀の鬼の里の長老さんに相談してみようか？」

「うん、私もそれがいいと思う」

小夜さんは、くり子の叔母にあたる方だ。くり子の母である野分さんの妹で、白い角を持つ美しい鬼でもある。くり子の叔母として、そして銀の鬼の一族のひとりとして、私たち家族を見守ってくれている。小夜さんだけでなく、銀の鬼の一族の皆さんには長老さんをはじめ、とてもお世話になっていた。

「私から、小夜さんに連絡してみるよ。久しぶりにお話ししたいし」

「わかった。悪いけど、頼むな。俺はくり子に大きな変化がないかどうか、今後も注意深く見守っていくから」

役割分担を決めると、私は早速スマホで小夜さんに連絡することにした。小夜さんは鬼であやかしだが、スマートフォンも普通に使いこなしている。ちょっと不思議な気もするけれど、あやかしは人間の世界で働いてお金を稼ぐこともあるそうだから、便利な道具のひとつとして活用しているのだと思う。

「久しぶりだなぁ、小夜さんと話すの」

小夜さんはくり子の叔母さんだけど、私にとってもこの不思議な家庭環境を理解してくれている数少ない存在だ。家族の話や子育ての愚痴を気軽に話せるので、小夜さんと話せると思うと嬉しくなってしまう。高校の友達には、家事や家族の愚痴をあんまり聞かせられないものね。

スマホの連絡帳で小夜さんの電話番号を表示させ、タップする。しばらくすると、小夜さんが出てくれた。

『杏菜さんですか？』

「はい、杏菜です。小夜さん、お久しぶりです」

鈴のような軽やかな声が、スマホを通して伝わってくる。

『ご連絡いただけて嬉しいです。杏菜さんも、ご家族の皆様もお元気でしたか？』

「はい、元気です。くり子も楽しく保育園に通えていますし」

『そうですか。それは嬉しいですね』

簡単な挨拶と現状の報告をしてから本題に入った。

「実はくり子のことで、小夜さんに相談したいことがあって、連絡させていただいたんです」

『くり子に何かありましたか？』

「はい。恥ずかしながら、私とちょっと喧嘩になりまして……泣いたくり子が家を飛び出したと思ったら、すべり台の頂上や木の上からくるりと一回転して、飛び降りたんです。木の上にもぴょんと飛び乗ってましたし」

『まぁ……。あやかしの子は運動能力も高いのが普通ですが、突然そうなったら驚きますよね』

「はい、そうなんです」

『わかりました。詳しいお話をお聞きしたいので、そちらにお邪魔してもよろしいですか？』

「はい、ぜひ！　くり子はお昼寝中だし、お茶とおやつを準備して待ってますね」

『どうかお気遣いなさらず』

「私がしたいんです。小夜さんとお話しするのは久しぶりですもん」

スマホの向こうで、小夜さんがクスクスと楽しそうに笑う声が聞こえる。

『わたくしも杏菜さんとお話しできるのは楽しみですよ。それではわたくしも何か持っていきますね』

「小夜さんは手ぶらでいいんですよ。だってお客様なんですから」

『わたくしの気持ち程度ですから。それではあとでお伺いしますね』

「はい、お待ちしてます」

スマホの画面を閉じると、お父さんのところへ行って、小夜さんが来ることを伝えた。

「おお、小夜さんが来てくれるのか。それは安心だ。そうとなったら、身なりを整えないとな」

「お父さんの服装なんてなんでもいいよ。それより散らかってる家の中を片付けないと」

「そ、そうだな。家の片付けと俺の身だしなみっと」

お父さんってば、美人な小夜さんが我が家に来るものだから、浮かれてるのかな。お父さんが服装を気にしても仕方ないのにね。

家の中をお父さんと一緒に片付けて掃除しつつ、私はお茶とおやつの準備をしていく。

「お茶はお父さんも小夜さんも好きな緑茶でいいとして。おやつはどうしよう。買いに行っている時間はないし、簡単なものを作ろうかな。うーん、緑茶に合いそうなレシピは……」

家にある、おやつに使えそうな食材を探していると、ホットケーキミックスを発見した。

「くり子用にさつまいもがあったはず。さつまいもで簡単なあんを作って、どら焼きにしよう」

ホットケーキミックスがあれば、どら焼きの皮も簡単に作れるのだ。さつまいものあんなら、甘さも控えめにできるし、お芋が好きなくり子にもいいと思う。

さつまいもの皮を剥(む)いて適当な大きさに切り、水にさらす。その後、耐熱性容器に入れて電子レンジにかけて柔らかくしたら、マッシャーで潰し、鍋に入れる。牛乳、砂糖を加えて弱火にかけ、もったりするまでよく混ぜる。あら熱がとれるまで冷ましておく間に、どら焼きの皮を作る準備だ。ボウルに卵、牛乳、はちみつを入れて混ぜ、ホットケーキミックスを加えて混ぜる。

「あとはフライパンで焼くだけっと」

フライパンを熱し、一度濡れ布巾の上に置いて温度を下げてから、生地をそっと流し入れる。どら焼きに適した大きさ、だいたい八センチぐらいに広げて焼き、表面に小さな穴があいてきたらひっくり返して裏面を焼く。

「ひとり二枚必要だから、最低八枚いるよね。どんどん焼いていこう」

焼いたどら焼きの皮が冷めたら、あらかじめ作っておいたさつまいものあんを挟んで出来上がり。

「よし、人数分できた。あとは小夜さんが来るのを待つだけね」

「杏菜、家の片付けもだいたい終わったぞ。俺も着替えたし」

私とお父さんの準備が終わるのを待っていたかのように、玄関の扉をコンコンと軽く叩く音が聞こえた。小夜さんかな。くり子がお昼寝中と伝えてあるから、チャイムで起こさないように気を遣ってくれたのかもしれない。

「はーい」

小さめの声で返事をしながら、玄関の扉を開けると、そこにいたのは予想どおり小夜さんだった。長い黒髪と切れ長の目が印象的な美人さんだ。私も大人になったら、小夜さんみたいに品のある美しい女性になりたいなって秘かに思ってる。小夜さんは私の憧れの人でもあるのだ。

「杏菜さん、山彦さん。お久しぶりです」

小夜さんは優しく微笑んだ。美しい小夜さんは微笑むだけで、花が咲いたような華やかさがある。同性の私でも一瞬見惚れてしまうので、異性のお父さんは尚更だろうだなと思いつつも、頬を赤く染めている父に冷たい視線を送る。お父さんは気づいていない様子だけど。

「小夜さん、ようこそいらっしゃいました。まずは家の中へどうぞ」

「はい、失礼いたします。杏菜さん、これはあられの詰め合わせなんですけど、よろしかったら皆さんで召し上がってください。杏菜さんが甘いおやつをお作りになると思ったので、しょっぱいものがいいかなと思いまして。あられなら日持ちもしますし」

「わぁ、ありがとうございます。気を遣っていただいてすみません」

「こちらこそ急にお邪魔して申し訳ありません」

大人の女性らしい気遣いに感謝しながら、小夜さんを居間へ案内する。

温かい緑茶と手作りさつまいもあんのどら焼き、小夜さんからいただいたあられを出したら、お茶とおやつを楽しみながらの相談だ。

「あら、こちらのどら焼きは中身がさつまいもなんですね。わたくし、実はさつまいもが好物でして。とても美味しいですわ、杏菜さん」

お世辞ではなく本当にさつまいもが好きなようで、小夜さんは嬉しそうにどら焼きを食べてくれている。

「ありがとうございます。いただいたあられも可愛くラッピングされていて、どれも美味しいですね」

「うん、うん。どら焼きもあられもすごくうまい！」

お茶とおやつを楽しみながら、お父さんが小夜さんにくり子の現状と幼児とは思えない運動能力について話し始めた。

「おかげさまで保育園のほうは楽しく通えているのですが、先日、男の子とちょっと喧嘩になりまして。くり子はごく軽い力で小突いただけらしいのですが、男の子はひっくり返って怪我をしてしまいました。おそらく、あのぐらいの年齢の女の子よりも力が強いのではないかと思うんです」

お父さんの話のあとで、私からも小夜さんに説明する。

「ちょっと恥ずかしいんですけど、昨夜と今日、私とくり子とで喧嘩になってしまったんです。私から逃げようとして、くり子はすべり台や木の上からぴょんと飛び降りて、空中で一回転して、見事に着地したんです。まるで猫みたいでした」

「木の上にも、ジャンプだけで猫みたいに軽々と飛び乗ってましたね」

小夜さんは私と父からの話を頷きながら、聞いてくれた。

「お話、よくわかりました。くり子が元気であることはわたくしも嬉しいですが、元気がありあまってるというレベルの話ではないようですね」

「はい、そのとおりです。おてんばな女の子だったら、杏菜もそうだったし、驚きはしないんですが、さすがにくるりと空中回転は杏菜もしなかったので」

「お父さん、今はくり子の話をしてるのよ。私の話はどうでもいいでしょ」

小さい頃の話を小夜さんに勝手に暴露され、私の顔が熱くなってしまう。私はもっとおしとやかでしたよ？　おてんばだなんて心外だ。まあ、元気な子だったことは認めるけども。

「小夜さん、ひょっとしてくり子に銀の鬼の力が目覚め始めているのではないでしょうか？　私も父も、それが心配で」

生まれた時から、くり子の頭には銀色の角と牙があったと聞いている。銀色の角は強い力を有している伝説の銀の鬼の証でもあるという。くり子のお母さんの野分さんのおかげで銀色の角や牙はなくなったけれど、銀の鬼としての力やあやかしの血までなくなったわけではないのだ。

「くり子はお昼寝中なのですよね？　そっと様子を見させていただいてもよろしいですか？」

「はい、こちらです」

寝室として使用している和室に案内し、襖を少しだけ開けて、くり子の様子を確認してもらう。

「中に入らなくてもいいですか？」

「ここからで大丈夫ですよ。よく眠ってるので起こしたくないですし」

小夜さんは離れたところから、眠るくり子の状態を観察しているようだ。

「ありがとうございます。もう結構です」

もうわかったのだろうか。私にはよくわからないけれど、鬼である小夜さんには何かわかったのかもしれない。小夜さんと一緒に居間へ戻った。

「わたくしが見たところでは、くり子に銀の鬼の力の目覚めは感じません」

小夜さんの言葉に、私とお父さんはほっと胸を撫でおろした。伝説の銀の鬼としての力が目覚めたら、平穏に暮らせなくなるかもしれないものね。

「元々、鬼の子は人間の子どもより力が強く、運動能力も高いのが普通です。さきほどお話しいただいた木の上から飛び降りた話も、鬼の子どもたちの中ではさほど珍しいことでもないのです」

「ええっ、そうなんですか？」

驚いて声が出てしまった。鬼の子だから、人間と同じに思ってはいけないと思うけど、小さい子が木の上から飛び降りたり、高くジャンプできたりするなんてびっくりだ。

「ですので、くり子が鬼の子と同じぐらい動けるようになっても不思議ではないのですが……。ただ、くり子は人間の子でもありますから、自分の鬼の力と人間の性質を、うまくコントロールできていない状態なのかもしれませんわね。その証拠に、木の上から飛び降りたりしたあとは疲れて、ぐっすり眠ってしまったようですし」

小夜さんに説明されて、ようやく気づいた。お昼寝にしては、今日のくり子は熟睡しすぎだ。私もお父さんも、くり子が泣き疲れたのだと思ってそっと寝かしておいたけど、鬼の子としての力を使ったことで疲れてしまったのなら、長時間のお昼寝も納得だ。

「保育園のお友だちや杏菜さんとの喧嘩がきっかけで強い力や高い運動能力が発揮さ

れたのでしたら、感情の昂りが鬼の力を発動させるのかもしれませんわね。感情が昂っている時なら、自分が普通の人間の子どもとは違うことをしていると理解できていないと思いますわ。無意識のうちに鬼の力を使っているのでしょう」

なるほど……

だからくり子は木の上から飛び降りても、平然とした顔をしていたのね。

「感情の昂りで鬼の力を使ってしまう理屈はわかりました。ですがそうなると、今後どのような対策をすればいいでしょうか？　無意識にやってることなら、諭すのも難しいですよね。俺や杏菜がくり子にずっと付き添っているわけにもいきませんし」

お父さんが質問すると、小夜さんはしばし考えたあと、ゆっくりと語り始めた。

「実はこちらに伺う前に、銀の鬼の里の長老とも相談してきたのですが……。鬼の里にある鬼の学校の幼年部に、くり子を通わせてみるのはいかがでしょう？」

「鬼の学校!?」

驚いて、私もお父さんも同時に叫んでしまった。

「鬼の学校って、いかに立派な鬼になれるか勉強するための学校ってことですか？」

私の頭の中にあるのは、童話やマンガに出てくる悪者の鬼が、より怖い鬼になるために勉強しているイメージだ。くり子は鬼の子ではあるけれど、立派な鬼にさせたいわけではないのだ。できれば人間の世界で、私たち家族と幸せに生きてほしい。

「立派な鬼になるため、というよりはあやかしとしての心得や、鬼が有する力のこと、鬼の歴史などを学ぶ学校ですわね。鬼の力を制御できなくて、暴走してしまう子がたまにいますので、他の子と一緒に鬼の力について学習させているのです。学んでいることは人間の子どもとは少し違いますが、ひとりでも生きていけるように学ぶことは人間にとってもあやかしにとっても大切なことですから」

小夜さんの説明に納得した様子のお父さんだけれど、心配になった私はさらに質問していく。

「鬼の学校はどういったところなのでしょう？　くり子のような幼い子でも通えるものなのですか？」

「鬼の学校は年齢によって分けられています。幼年部、小等部、中等部、高等部とあります。人間の世界でいうところの、保育園または幼稚園、小学校、中学校、高校と思っていただければわかりやすいと思います」

名前は少し違うみたいだけど、鬼にも年齢に応じた学校があるんだ。

「鬼の子は、小さい頃は鬼の力の使い方や制御方法について学び、ある程度大きくなると他のあやかしとの付き合い方や、人間に出会った時、そして人間の世界に行くことになった時はどうすればいいのかを学んでいくのです。わたくしも鬼の学校で学び、こうして人間の世界にも来られるようになりました」

小夜さんも鬼の学校に通っていたのね。なら安心かもしれない。だけどくり子だけ鬼の学校に通わせても大丈夫なのだろうか？　まだ甘えん坊な子なのに。

「杏菜さん、くり子のことが心配でしたら、杏菜さんも一緒に鬼の学校幼年部の体験入学に付き添ってはいかがでしょう？　私から長老と鬼の学校のほうへ話を通しておきますから」

「私も行ってもいいんですか？　だってその、私はただの人間なのに」

「本来は不可能なのですが、くり子には特殊な事情がありますので、今回は特例ということで認められると思います。まずは人間の世界の保育園がお休みの土日で来られてみてはいかがでしょう？　鬼の親たちには人間の世界で働いている者もいますので、鬼の学校幼年部は曜日に関係なく子どもを受け入れているんです」

鬼の学校幼年部は、保育園のような役割も担(にな)っているらしい。私は鬼ではないけれど、半妖のくり子の身内ということで付き添いが可能のようだ。

「杏菜、どうする？　おまえが難しいなら、俺が付き添うけど」

「お父さんは土日も仕事の日があったりするもの。私が行くわ」

そして私は小夜さんに丁寧に頭を下げる。

「小夜さん、くり子を鬼の学校幼年部に体験入学させてください。そしてその際、私を付き添わせてください」

「わかりました。長老や鬼の学校に伝えておきますね。詳細が決まったら、わたくしが間（あわい）にある鬼の学校までお連れしましょう」

「はい、よろしくお願いします！」

くり子がお母さんから受け継いだ鬼の力をうまく制御できるようになる方法は、きっと同じ鬼の人たちでないとわからないと思う。

私もお父さんも、くり子があやかしの子であることを否定したいわけじゃない。鬼であったお母さんのことも、人間であるお父さんのことも、できれば誇りに思ってほしい。人間とあやかしの子であっても、くり子はくり子なんだもの。

鬼の子どもたちが通う学校なんて想像もできないけれど、くり子が鬼の力を制御できるよう、私がしっかり見守っていかなくてはと思う。

くり子のお母さん代わりになろうとしたことが正しいことなのかは、今の私にはまだわからない。でもくり子を守ってあげたい気持ちはずっと変わらない。だから鬼の学校にも付き添ってあげたいのだ。

未知な世界に緊張しつつも、可愛い妹のために頑張ろうと心に誓うのだった。

第三章　鬼の学校幼年部に体験入学してみました

「鬼のがっこう？　なぁに？　それ」

くり子は頭を傾け、不思議そうな表情で私たちを見つめてくる。

銀の鬼の里には鬼の学校があること、そしてなぜ鬼の学校にくり子が体験入学することになったのか、幼い妹が理解できるように説明しなくてはいけないのだ。


私とお父さん、そして小夜さんとで詳しい話し合いを始めて間もなく、くり子がお昼寝から起きてきた。まだ眠そうに目をこすりながら、居間に入ってくる。

「おとーしゃん、おねいちゃん、おやつぅ……くり子にもちょーだい……」

どうやら、おやつの匂いで目が覚めたようだ。食いしん坊なくり子らしい。

「あっ、おばしゃま！」

小夜さんがいることに気づいたくり子は、ぱっと顔を輝かせ、小夜さんに走り寄った。腕に顔をすりつけるようにして、小夜さんであることを確認している。

「おばしゃまだぁ！　うふふ」

「久しぶりですね、くり子。元気でしたか？」

「うん！　くり子はげんきいっぱいだよ！」

小夜さんに会えたことがくり子も嬉しいようだ。

「くり子、実はな、小夜おばさんとおねいちゃんとおとーしゃんとで、くり子のことをお話ししてたんだ」

お父さんが話しかけると、頭をかくりと傾け、妹はきょとんとした顔をした。

「くり子のこと？　なんでぇ？」

お昼寝している間に、自分のことを話しているとは思わなかったんだろう。

「えっとな。くり子は今日、おねいちゃんと喧嘩になって、木に飛び乗ったり、上からくるっと一回転しながら飛び降りたりしてただろ。覚えてるかな？」

お父さんが優しく聞くと、くり子は短い両腕を組んで、うーんと考え込んだ。

「……よくわかんない。でもね、くるって回ったの、おぼえてるよ。きもちよかった！」

にかっと笑ったくり子は、ご機嫌な様子だ。空中で回転したことは、なんとなく覚えているようだ。

「そうか、気持ち良かったたか。それは良かった。でもな、くり子。木に飛び乗ったり、回転して飛び降りたりすることは、くり子が通う保育園のお友だちにはできないことなんだ」

くり子はとても驚いたようで、「ふひゃ⁉」と猫のような声で叫んだ。

「だ、だってぇ。くり子はなんか、できちゃったもん」

やはり特に意識することなく、自然に体が動いたみたいだ。

今度は私から、妹に説明する。

「あのね、くり子がそれだけ動けるのは、くり子のお母さんからいただいた力だと思うの。それはとてもすばらしいことなんだけど、保育園の他の子ができないことをくり子が簡単にできちゃったら、みんなびっくりしちゃうでしょ。だからくり子に、鬼の里でお勉強してもらって、お母さんからいただいた力を上手にコントロールできるようにしたらどうかな？」

幼い妹にも理解できるように、そして心を傷つけないように話したつもりだけど、くり子は理解してくれるだろうか。

「おかーしゃんからもらった力……くり子、鬼の子だから、力つよいの？　いけないこと？」

「そうね。でもそれは悪いことじゃないって、おねいちゃん思うの。だってくり子のお母さんからのプレゼントだもの」

「おかーしゃんからのプレゼント……」

目を潤ませながら、くり子は両の手で自分の体にそっとふれた。くり子のお母さんの愛情が今も自分の体に残っていることが、きっと嬉しいのだと思う。

妹が持つ鬼の子としての力を、くり子が恥じたり、嫌になったりしてほしくなかった。くり子のお母さんである野分さんが、娘のことを命がけで守ったから、くり子は私たち家族と平和に暮らせているんだもの。

「くり子、おねいちゃんとおとーしゃんのお話、わかったかな？」

頭を左や右に傾けながら考え込む妹に、そっと聞いてみた。

「うん！　くり子、鬼の里で、おべんきょーしてみる。おかーしゃんからのプレゼント、じょーずにこんとろーるできるようになるの！」

良かった。くり子は鬼の学校に行くことを納得してくれたようだ。

「ではわたくしから、杏菜さんにまた連絡しますので、くり子はいい子で待っていてくれますか?」

「うん、わかったよ、おばしゃま」

くり子にもなんとか理解してもらったので、あとは小夜さんと鬼の里からの連絡を待つだけとなった。

小夜さんと再会して数日経った頃、小夜さんから電話がかかってきた。

『お待たせしました。長老と鬼の学校の校長から了承を得ましたので、杏菜さんとくり子のご都合がいい日を教えてください』

「ありがとうございます! できれば早いほうがいいと思うんですけど」

『確かに早いほうがいいですが、杏菜さんが無理なさるのも良くありませんから、杏菜さんの学校の予定次第ということにしてはいかがでしょうか?』

小夜さんに言われて思い出す、高校のテストが近いことを。くり子のお母さん代わりになろうと思う気持ちがいまだに強く、テストのことをうっかり忘れていた。

「実はテストが近いんです……今思い出しました……」

『では杏菜さんのテストが終わってからにしましょう』

私がくり子の教育に燃えていることに小夜さんは気づいていて、軽くいさめてくれているのかもしれない。自分の学業も忘れないでと。

「はい。テストが終わったら、鬼の学校体験入学をお願いします」

こうして鬼の学校体験入学は、私のテストが終わったあとの週末となった。

テスト勉強に励むため、くり子への教育も少しだけお休みするしかない。それは私にとっていい冷却期間となった。

本当にくり子のお母さん代わりになろうと思ったら、自分の勉強よりも、くり子を優先しなくてはいけないと思う。けれど私が学校の勉強を怠ったら、高校を卒業できない可能性もあるのだ。卒業後の進路はまだ決まっていないけれど、高校だけは卒業したい。くり子の教育と私の勉強。くり子の母親代わりになることを、私は軽く考えていたのかもしれない。

「『くり子のため』って思い込みすぎていたのかなぁ……」

喧嘩になった時、くり子は叫んでいた。

『くり子、おねいちゃんに、おかーしゃんになってって、いってないもん！』

妹の言うとおりだ。くり子は私を慕ってくれるけど、「お母さんになってほしい」なんて一度も頼んだことはないのだ。

「鬼の学校の体験入学がくり子にとって楽しいものになるといいな。さて、今は勉強に集中っと」

†

テストが無事に終わり、いよいよ鬼の学校の体験入学の日がやってきた。

「杏菜さん、くり子、お迎えにあがりました。鬼の学校へ行く準備はできてますか？」

小夜さんが迎えに来てくれた。鬼の学校まで、くり子と私を連れていってくれるのだ。まったく知らないところにふたりだけで行くのは不安だけど、小夜さんがいればきっと安心だ。

「はい、準備できてます。今日はよろしくお願いいたします。くり子も小夜さんに挨拶して」

「おばしゃま、よろしくです」

くり子は小夜さんに向かってぺこりと頭を下げた。小夜さんは目を細めてくり子を見つめている。姪っ子の成長を感じて嬉しいのかもしれない。

「では参りましょう。鬼の学校へ」

「はい！」

私はくり子と手を繋ぎ、小夜さんと話しながら、町の中をゆっくり歩いていく。すると、あたりが白い霧につつまれていった。白い霧は人間の世界から、鬼が住まう間の地へ導くもの。だから恐れることはないと私もくり子も知っている。

白い霧の中を小夜さんに導かれて歩いていると、少しずつ霧が晴れてきた。

「さぁ、着きましたよ。こちらが鬼の学校です」

小夜さんに案内されて着いた場所は、人間の世界の少し古い時代を思わせる、木造校舎だった。木造校舎に通ったことはないのに、なぜか懐かしさを感じるから不思議だ。

「まずは校長先生にご挨拶しましょう」

小夜さんと共に木造校舎の中へ入っていこうとすると、校舎から子どもたちがこちらをじっと見ていることに気づいた。見た目は私たち人間とあまり変わらない。子どもたちは好奇心いっぱいの眼差しで私とくり子を見つめていた。人間と違うところは、服装が着物ということ、そして頭の上に白い角が二本生えていることだった。人間とよく似た姿をしているけれど、彼らはまぎれもなく鬼の子どもたちなのだと実感する。

くり子は鬼のお母さんと人間のお父さんから生まれた半妖の子で、私たちを連れてきてくれた小夜さんも鬼だ。鬼の学校では、くり子の姉の私だけが異質な存在。くり子を守らなければと付き添ってきたけれど、私がいてもいいのだろうか？

「杏菜さん、大丈夫ですか？　ひょっとして怖くなってしまいましたか？」

私が少し戸惑っていることに、小夜さんはすぐに気づいたようだ。

「す、すみません。怖いわけではないのですが、私がここにいてもいいのかな？　って。私は人間ですし」

「大丈夫ですよ。鬼の子どもではありますが、人間に危害を加えることはありませんので。子どもたちも人間である杏菜さんと、半妖のくり子に興味津々（きょうみしんしん）なんです。じろじろ見てしまう失礼を許してやってくださいね」

「大丈夫です。きっとみんな好奇心旺盛なんですね。あと不思議に思ったのは、鬼の学校では、みんな和服なんですか？」

　質問してみると、小夜さんは笑顔で答えてくれた。

「はい。鬼の服装は和装が基本なのです。人間の世界に行く時だけ洋装になります。古来からの服装を大事にしているということもありますが、洋装が普段着である人間とはあえて違う装いをしていたほうが鬼の子どもたちにもわかりやすいですからね。和装といっても最近はだいぶカジュアルになってますけども」

　そういえば銀の鬼の里の長老さんも着物だった。まったく違和感がなかったから、意識したことなかったけど、和装であることにも意味があるんだ。

「くり子も鬼の子どもたちに興味があるようですね。さっきからじっと見つめていますわ」

　小夜さんに言われて妹の様子を見てみると、くり子は目をきらきらと輝かせながら、校舎の中にいる鬼の子どもたちと見つめ合っていた。まだ言葉は交わしていないけれど、同じ鬼の血を持つ者同士、何か通じるものがあるのかもしれない。

「では校長先生のところへ案内しますね」

「はい、お願いします」

木造校舎の中に入り、下駄箱(げたばこ)で靴を脱いで持ってきたスリッパに履き替える。くり子は学校に来るのが初めてだからか、きょろきょろと校舎内を眺めている。手を繋いでいなければ、ひとりでどこかに行ってしまいそうだ。

私が通っていた学校に比べると校舎は古くて小さいけれど、造りはしっかりしている様子だ。掃除も行き届いていて、清潔感がある。

「着きました。こちらが校長室です」

案内された場所は、普通の教室だった。私が知っている校長室とは少し違うように思うけれど、人間と同じとは思わないほうがいいのかな。

「校長先生、小夜です」

小夜さんが扉をノックすると、中から返事があった。

「どうぞ。お入りください」

低めの男性の声だった。落ち着いた感じの声だからか、なんだか少しほっとする。

「くり子、家で教えたけど、校長室に入る時は、おじぎをして『失礼します』って言うのよ。あとは元気良くね」

くり子に再度礼儀を教えると、くり子は元気良く返事をした。

「うん。ぺこんして、『しつれいします』だよね。くり子、できるよ」

「うん。お利口さん。じゃあ一緒にご挨拶しようね」

小夜さんが扉をがらりと開けてくれたので、私とくり子は一緒におじぎをした。

「失礼します」

「しちゅれい、ちます！」

緊張しているのか、くり子は話し方がちょっとおかしくなっている。でもちゃんと挨拶ができたから良しとしよう。

「野々宮杏菜と申します。くり子の体験入学の付き添いで参りました」

私の挨拶のあとに、くり子も続けて挨拶をする。

「野々宮くり子でしゅっ！　じゃない、くり子でし！　あれれ？」

くり子、言葉遣いが我が家に来たばかりの頃に戻ってる。やっぱり緊張しているのだと思う。

「くり子さん、杏菜さん。ようこそ、鬼の学校へ。わたしは校長の天我（てんが）と申します」

私たちの挨拶に応（こた）えてくれたのは、鬼の学校の校長、天我先生だった。長い黒髪を後ろで束ねた男性で、羽織を重ねた着物がよく似合っている。年齢はよくわからないけど、鬼の里の長老さんよりいくぶん若いといった感じだろうか。頭の上には白くて長い角が二本生えていて、整った顔立ちを際立たせていた。穏やかな微笑みを浮かべているけれど、怒らせたらとても怖そうに思えて、背筋に緊張が走る。くり子も同じように感じているのか、繋いでる私の手を強く握りしめ、かすかに震えている。くり子が怖がっている。落ち着かせてあげないと。

すると天我校長先生が片膝をつき、くり子の目線に合わせてから優しく語りかけてくれた。

「あなたがくり子さんですね。話は小夜と長老から聞いてます。とても可愛らしい子ですね」

同じ目線になって温和な笑顔を向けられたくり子は、恐怖が和らいだみたいだ。にこっと笑い、ぺこりとおじぎをした。

「くり子です。おねがい、します」

今度はきちんとご挨拶ができた。良かった、もう大丈夫そうだ。

「きちんと挨拶ができて、すばらしいですね。今日はあなたに会えるのを楽しみにしていましたよ」

　くり子の緊張がほぐれたのを確認した校長先生は腰をあげ、今度は私のほうへ顔を向けた。

「あなたがくり子さんのお姉さんの杏菜さんですね。半妖のくり子さんをとても可愛がってくださっていると小夜から聞いています。銀の鬼の里の者としてお礼申し上げます」

　校長先生は、私に深々と頭を下げた。お礼を言われると思っていなかった私は、慌てて同じぐらい頭を下げる。

「こ、こちらこそありがとうございます。くり子は私の妹で、家族ですから」

「姉妹であったとしても、人間とあやかしの場合はなかなかできることではないと思いますよ。我々から見たら、杏菜さんのような方はとても貴重で、ありがたい御方なのです」

　校長先生は私を褒めてくれる。私の毎日の頑張りを認めてくれてるように思えて、とても嬉しかった。

「ではくり子さんに体験入学してもらう鬼の学校幼年部を担当している先生を紹介させていただきますね。風雅先生、お入りください」

校長先生は教室の扉に向かって、少し大きな声を発した。

「失礼します」

扉を開けて入ってきたのは、若い男性の先生だった。

風雅先生は校長先生のような羽織りは着ておらず、木綿（もめん）なのだろうか、動きやすそうな着物を着ている。うっすら茶色い髪の毛先があちこちでくるりと丸まっていて、少しだけ可愛らしい感じの先生だ。

「くり子さん、杏菜さん。こちらが幼年部の担任の風雅先生です」

風雅先生は優しく微笑み、私たちに挨拶をしてくれた。

「幼年部担任の風雅です。本日はよろしくお願いします。くり子さん、お会いできるのを子どもたちも僕も楽しみにしていましたよ。付き添いの方がよろしければ、早速子どもたちのところへお連れしたいのですが、よろしいですか？」

風雅先生は私を見ながら、確認してきた。くり子に共に挨拶するよう目配せして、ふたりでぺこりと頭を下げる。

「風雅先生、こちらこそ本日はよろしくお願いします」

「ふうがせんせ、よろしくです！」

顔をあげると、風雅先生は人懐っこい笑みを浮かべ、私とくり子を見つめていた。その表情を見たら、なんだかほっとしてしまった。

「くり子さんは礼儀正しくて、とてもいい子ですね」

風雅先生に褒められて、くり子は嬉しかったようで、誇らしげに胸を張った。たぶんなぜ褒められたのか、よくわかっていないと思うけど、それでも妹が褒められると嬉しい。

くり子の様子を微笑ましげに見つめていた小夜さんが、私と妹に静かに頭を下げた。

「杏菜さん、くり子。申し訳ありませんが、わたくしはここで失礼させていただきますね。風雅先生はとても優しい方なので安心してください。人間の世界に戻る時は、わたくしがまたお迎えに参りますので」

できればずっとついてきてほしいけれど、小夜さんにも仕事があるそうなので仕方ない。

「小夜さん、ここまで連れてきてくださってありがとうございます」

「おばしゃま、ありがと。またね」

「くり子と杏菜さんにとって、良い一日となるよう願っていますね」

去っていく小夜さんに手を振って感謝を伝えたあと、風雅先生と共に幼年部の教室に行くことになった。

「では、参りましょう」

風雅先生が先頭に立ち、校舎内を簡単に説明してくれる。

「鬼の学校は年齢に応じて校舎が分かれています。ここには幼年部と小等部、中等部までがあります。高等部からは他のあやかしと共に勉強しますので、こちらにはありません」

保育が必要な年代の子どもと、自分たちで考えて動ける年代の子どもまで、みんなここにはいるんだ。私が通ってきた人間の学校とは事情が少し違うみたい。

「時には、中等部や小等部の子どもたちが幼年部の子たちの面倒をみたりもしますよ。小さい子の世話をすることで鬼の性質をよく理解できますし、同じ鬼同士で助け合うことを学べるからです。鬼の子どもたちの人数が減ってきていますので、年代を越えて支え合えるほうがいいですからね」

くり子にまだ角と牙があった頃、小夜さんを含め、銀の鬼の里の人たちにずいぶん助けてもらった。鬼と呼ばれる人たちは、仲間意識が強いのだなと感心していたけれど、その秘密は鬼の学校にあったのかもしれない。

姪っ子とはいえ、小夜さんはくり子の面倒を嫌がることなく引き受けてくれた。鬼の学校にいた頃から幼年部の子たちのお世話をしていたから、幼い子の相手をすることに抵抗がなかったのかな。だとしたら、鬼の学校があったから、くり子は人間の世界で今も暮らせているといえるのかも。

「鬼の学校と聞いて、杏菜さんは少し怖く感じたのではありませんか？」

風雅先生が突然私に質問してきた。なんだか心の内を見透かされたようで、驚いてしまう。

「え、えっと。鬼の里の方々にはとてもお世話になってますし、怖いだなんて、そんな失礼なことは……」

しどろもどろになりながら、質問に答えようと頑張る。だって、鬼の学校って聞いて、怖い鬼を養育するための、とても恐ろしいところだと思っていました、だなんて正直には言えないもの。

すると風雅先生は、あははと声を出し、明るく笑い始めた。

「杏菜さんはごく普通の人間だとうかがってますし、鬼の学校に恐怖心を抱いてしまうのは当然のことですよ。それでもあなたは、妹さんのためにここまで来てくれた。その勇気と愛情に、僕は感動してるんです」

勇気と愛情。風雅先生って、ちょっと気恥ずかしくなることを、さらりと言える人なんだ。

「そんな立派なものじゃないです。ただちょっと、妹のことが心配だっただけで」

「それでも鬼の学校に妹さんと共に来られたのは立派ですよ。鬼の学校幼年部の子どもたちは、明るくて素直で、いい子たちばかりです。人間のお子さんと比べると、ちょっと元気すぎるところはあるかもしれませんが、そのあたりはすぐに慣れるかと思います」

人間の子どもに比べると元気すぎる？

とても気になる言葉を、さらりと最後に言われたような……

「さぁ、着きました。こちらが鬼の学校幼年部の教室です。くり子さんが来られることを、とても楽しみにしているんですよ」

風雅先生が勢いよく教室の扉を開けると、くり子と同じ年頃の子どもたちが一斉にこちらに顔を向けた。どの子も動きやすい子ども用の甚平（じんべい）や浴衣を着ていて、頭には白い角が二本ある。日本の昔話の世界に飛び込んだような、不思議な空間だった。

「体験入学のくり子さんが来てくれたよ。さぁ、みんな。元気良く挨拶をしよう！」

風雅先生の呼びかけに、子どもたちは全員立ち上がり、大きく口を開いた。

「こぉん、にちぃ、わぁぁ！」

「こんにちは」という挨拶と共に、強い風がまき上がった。

うそでしょ、なんで風が吹くの？

と思った時には風の強さに体が踏ん張れず、私もくり子も後ろにひっくり返りそうになった。

「おっと。おふたりともお気をつけて」

こうなることを予想していたのか、風雅先生が私と妹の後ろに来ていて、体をしっかりと支えてくれた。

「ね？　うちの子どもたち、元気いっぱいでしょ？」

私とくり子の体を起こしながら、風雅先生はさわやかな笑みを浮かべている。

確かに元気のいい挨拶だった。風雅先生の言葉を、とてもよく聞いている。

けれどもその声は、私が知っている幼児のものではなかった。

挨拶という名の、獣の雄叫び(おたけ)なのでは？　と思うほどの声量だったのだ。さらに鬼の子どもたちの力なのか、強い風まで吹いていた。

こ、これが、鬼の学校幼年部の子どもたち……

「元気いっぱい」なんていうレベルではない気がする。

風雅先生は子どもたちに特に注意はしていないので、これがいつもの光景なのかもしれない。

「はーい、みんな！　こっちを見てくれる？　この子が、くり子さんです。今日だけ遊びに来てくれました。みんな仲良くしてあげてね！」

鬼の子の大迫力の声量に度肝(どぎも)を抜かれている私をよそに、風雅先生は鬼の子どもたちにくり子を紹介した。

しまった、出遅れた。

私がこれほど衝撃を受けているのだから、くり子はもっと怯えているかもしれない。

私が妹を守ってあげなくては！

「みんな、こえ、すごいねぇ！　くり子、ビックリしたよ。うふふっ！」

あ、あれ？

くり子、もしかして笑ってる……？

「くり子ね、野々宮くり子っていうの。よろしくね！」

妹は怯えるどころか、ご機嫌な様子で自己紹介している。

「くり子ねぇ、さっきの、『こぉん、にちぃ、わぁぁ！』で体がふわってなったよ。たのしかった！　あのね、もう一回やって？」

あろうことか、くり子は大迫力の「こんにちは」の挨拶を、もう一度やってほしいとリクエストしたのだ。

「く、くり子。来たばっかりでお願いするのは失礼だから……」

慌てて妹を止めようと思ったが、風雅先生はこれまた元気良く、鬼の子どもたちに指示を伝える。

「みんなぁ！　くり子さん、みんなの挨拶をもう一回聞きたいって。喜んでもらえて良かったね！　ではリクエストに応(こた)えてもう一回。はぁい、みんな挨拶して！」

ひえ、また来る！　あの大声量の「こんにちは」が。

慌てて耳を塞ぎ、足と体に力を入れて、突風で飛ばされないよう備える。次は、くり子の体を支えてあげないと！

「こぉーん、にちぃ、わぁぁぁ～！」

くり子のリクエストに喜んだのだろうか、鬼の子どもたちはさらなる大声で、挨拶してくれたのだ。

突風が吹き、あまりの声量に木造の校舎がびしびしと揺れている。足に力を入れ踏ん張っていたが、私はまたも後ろにひっくり返りそうになり、風雅先生に慣れた手つきで支えてもらった。

一方、私の妹であるくり子は、叩きつけるような声量を笑顔で聞いていた。吹きつける強い風も、まるで波に乗る魚のように器用に体を揺らして受け止めている。

「うふふぅ、たのしぃぃ！　みんな、すごぉい！」

やだ、この子、めいっぱい楽しんでる……

そういえば昔、おばけ屋敷に行った時も、こんなふうに楽しんでいたっけ。おばけを演じるキャストさんを見て、キャッキャと笑い、もっと怖くしていいよとお願いして、あげく記念撮影まで頼んだのだから。あの時も、くり子の様子に驚いたものだ。

懐かしい思い出にひたりながら、くり子は私が思っているほど弱くはないのかもしれないと思った。まだ幼いから手助けが必要な時はたくさんあるけど、それも徐々に減っていくのだろう。

　楽しそうに笑っているくり子に、鬼の女の子がひとり、近づいてきた。肩まである艶（つや）やかな黒髪に、潤（うる）んだ黒い瞳が印象的な美しい女の子だった。

「あなたが、くり子ちゃん？　わたしは美雪（みゆき）。ふうが先生から、なかよくしてあげてね、っていわれてるの。よろしくね」

　美雪と名乗った女の子は、裾にフリルがある、雪の結晶の柄の浴衣を着ている。ふっくらとした白い肌に、まっすぐ伸びた黒髪。おしとやかな雰囲気もあいまって、まるで日本人形のような美少女だ。頭に白い角がなければ、子ども服のモデルだと思ってしまいそう。

「くり子だよ。よろしくね、美雪ちゃん」

「なかよくしてね、くり子ちゃん」

　半妖のくり子と、鬼の子の美雪ちゃん。始まったばかりの女の子同士の友情を、微笑ましく見守っていると、今度は男の子が美雪ちゃんの前に飛び出してきた。

　その子は腰を少し低くして足を開き、両手を広げて、歌舞伎役者が見得（みえ）を切るようなポーズを披露する。

「へい、へい！　おひかえなすって！　おいらは雷太（らいた）ともうしやす。雷の申し子とは、おいらのことでぇ。てやんでぇ！」

て、てやんでぇ……？

大声で雷太と名乗った男の子は、まるで時代劇のドラマから飛び出したような話し方で自己紹介してくれた。時代劇には詳しくないけれど、言葉の使い方が間違ってるような……。それにしても、この子は普段からこんな話し方をしているのかな？

突然の時代劇風の自己紹介には、さすがのくり子も驚いたようで、ぽかんと口を開けている。そんなくり子の姿を見た雷太くんは、にやりと満足そうに笑った。

「へへっ。きまったぜ……」

最高にかっこいい姿を、くり子に見せることができたと思っているのか、ドヤ顔で歌舞伎風のポーズを続けている。

「雷太、じゃまよ、どいて」

白くて細い手をにゅっと伸ばし、雷太くんの頭をぽかんと叩いたのは、日本人形のような美少女、美雪ちゃんだった。

「いってぇ！　何すんだ、美雪！」

「わたしが、くり子ちゃんとお話ししてるのよ。じゃましないで」

「てやんでぇ！　おいらはなぁ、人間の父ちゃんと鬼の母ちゃんから生まれた、はんぱ者が今日来るって聞いたから、鬼のカッコよさを見せつけてやってんだ、てやんでぇ！」

『人間の父ちゃんと鬼の母ちゃんから生まれた、はんぱ者』

それって、くり子のことを言ってるの？　半端者だなんて、なんてひどい言い方だろう。お父さんはくり子のことをとても大切に思っているし、鬼のお母さんの野分さんだって娘の幸せのために命を捧げて守ってくれたのに。

「雷太！　くり子ちゃんになんてことをいうの！　くり子ちゃんがビックリしてるでしょ」

美雪ちゃんの言うとおりだ。くり子はきっと、雷太くんの言葉に深く傷ついている。姉として、私がくり子の心を守ってあげなくては。

「くり子、今の言葉は気にしなくていいからね」

腰をかがめて、くり子の顔をのぞき込み、優しく語りかける。

ところが妹は、きょとんとした表情をしていた。雷太くんの言葉に傷ついているというよりは、心底驚いているといった様子の顔だ。

「く、くり子……？　大丈夫？」

くり子は私の呼びかけに気づくと、にかっと笑った。

「くり子、だいじょうぶだよ、おねいちゃん」

力強く言うと、くり子は雷太くんの前に歩み寄った。

「雷太くん、さっきの、『おひかえなすって』カッコよかったよぉ！　『てやんでぇ』くり子も好き！　でもねぇ、雷太くん。くり子も実はカッコイイんだよ」

くり子は胸を張り、堂々と言い切った。

「な、なんでおまえがカッコイイんだよ、てやんでぇ」

少し戸惑った様子の雷太くんが、くり子に聞いてくる。

「だってくり子は、とっても優しい人間のおとーしゃんと、くり子を守ってくれた鬼のおかーしゃんから生まれた特別な子だもん。はんぱ者、ちがうよぅ。特別でカッコイイの。それが、くり子だよ！」

にっこりと笑顔を見せながら、くり子は雷太くんに伝えた。

「お、おいらだって、鬼の父ちゃん、すげぇ強くてカッコイイし、鬼の母ちゃんは優しいぞ！」

「うん、そだね。雷太くんのおとーさんとおかーさんもカッコイイ。雷太くんもカッコイイ。くり子と一番に友だちになってくれた美雪ちゃんもカッコイイし、風雅せんせもカッコイイ。校長せんせもカッコイイね。みんな特別でカッコイイんだよ。はんぱ者なんて、どこにもいないの！」

ああ、そうか。

人間も鬼も様々な事情があって、それぞれ違いがあるけれど、みんな特別な存在なんだよ。それは素敵なことなんだよ、と妹は雷太くんに伝えたいんだ。

くり子はいつから、こんなふうに考えられるようになっていたんだろう？

「おいらも、おいらの父ちゃん母ちゃんも、くり子も、くり子の父ちゃん母ちゃんも、みんなカッコイイ？　それってホントか？」

「うん！」

くり子が笑顔で自信満々に言うものだから、雷太くんもつられたように、にかっと笑った。

「へへっ。じゃあよ、おいらにそのカッコイイところ、見せてくれよ。校庭の真ん中によ、木があるだろ。あそこまで誰が一番早いか、かけっこだぁ！　てやんでぇ！」

「わかった、くり子、かけっこする」

「おぅ。勝負だ、勝負だ！　いけるヤツはみんなでかけっこだぁ！」

「ちょっと待って、くり子」

突然始まってしまいそうな、かけっこ勝負を、私は慌てて止めようとした。だって
くり子が転んで怪我したりしたら大変だもの。

すると風雅先生が、私の肩をぽんぽんと軽く叩いた。

「子どもたちに任せて、しばらく見守りましょう。もしも本当に危なくなったら、僕
が必ず全員を守りますから」

「で、でも」

「子育てには、時にはじっと見守ることも必要ですよ」

優しく微笑んだ風雅先生に言われたら、私も従うしかなかった。本当に大丈夫
なの？

「しかたないわねぇ。わたしが『よーいどん』してあげる」

まっすぐ伸びた黒髪を片手でかき上げ、美雪ちゃんが優雅に宣言する。

「じゃあ、いくわよ。みんないい？」

いつの間にか、他の鬼の子どもたちもくり子や雷太くんの横に並び、かけっこが始まるのを待っている。

「よーい、どん！」

美雪ちゃんの合図で、一斉に子どもたちが走り出した。

「いっくぜぇぇ！　おいらが一番だぁ～！」

雷太くんがいち早く前に出て、全員を導くように校舎の外へと走っていく。雷太くんのあとを追う形で、くり子や他の鬼の子が走っているのだけれど、子どもたちの足の速いことといったら……

くり子もすごく足が速くなっている。以前からかけっこは得意だと思っていたけど、鬼の学校ではいつもよりのびのび走っているように思えた。

くり子も、鬼の子どもたちも、私が知る幼児の走り方とはまるで違う。疾風のごとき速さで、あっという間に校庭の中央にある木に近づいていく。

鬼の子どもって、走るのもこんなに速いの？　挨拶の声もすごかったけど、何もかも人間の子どもとは違う。

「杏菜さん、鬼の子は運動能力が高く、力も強い子が多い。それはいいことでもあるのですが、時に力の加減がわからなくて、他の子と喧嘩になったり、トラブルが起きたりします。鬼の学校幼年部では、練習や失敗を経験しながら鬼の力の強さを学び、力の加減方法も身をもって知っていくのです」

鬼の子どもにとって、鬼の学校がどれだけ大事か、風雅先生は教えてくれた。

「失敗も大事な経験なのですか？　失敗なんて、できるだけしないほうが良くないですか？」

できれば失敗なんて苦い経験はせずに、くり子には楽しく過ごしてほしい。そう思うのは、私が心配性だからだろうか。

「確かに失敗は楽しくはありませんね。失敗したことが悲しくて、泣いてしまう子もいますし。でもね、失敗を経験することで、子どもたちは大人へと成長していくのだと思いますよ。時に喧嘩や衝突をして、他の子どもとの付き合い方や自分の力を知っていくんです。だから僕は子どもたちのやりたいようにさせています。目を離すようなことはしませんけどね」

風雅先生は子どもたちをしっかり見守りながら、鬼の子どもたちが自分で物事を考えて動いていけるように指導しているのかな。それって、あれしなさい、これしなさいと教えるよりも難しいことのように思えた。

「おや、誰が一番か、勝負がついたようですよ」

先生に言われて校庭を見ると、くり子が木の根元で右手をあげて、笑顔で勝利を告げているところだった。

「くり子、いっちばーん！」

なんと我が妹は、鬼の子どもたちとのかけっこに勝ったのだ。楽しそうに走っていたから、勝負なんて二の次でいいと思っていたけど、まさか一番になるなんて。いつの間に、こんなに速く走れるようになっていたの？

「おいら、二番だぁ！　ちっきしょー！　じゃなくて、てやんでぇ！」

はぁはぁと息を切らし、雷太くんが悔しそうに叫んでいる。続けて他の子たちが木の根元に到着する。

「べらぼうめ！　お次は木登り勝負だ。今度こそ、おいらが勝ぁつ！」

「うん、いいよぉ～」

あれだけ走ったのに、くり子は余裕の表情を見せている。

かけっこの時と同じく、雷太くんが真っ先に木に登り始める。

「おいら、木登りは得意だもんね～」

するすると子猿のように、器用に木に登っていく雷太くん。そしてその横で、くり子もまたするすると木に登っていく。雷太くんが子猿なら、くり子はすばやく木に登る小さなリスのよう。軽やかな動きで、あっという間に木のてっぺんに到着してしまったのだ。

くり子は木に飛び乗れるだけじゃなく、木登りも得意なの？

鬼の学校のくり子は、私もお父さんも知らない顔がいっぱいだ。

「あ～ちきしょう！　負けだ、負けだ。おいらの完敗だぁ！」

木から飛び降りた雷太くんとくり子は、お互いを見つめ合う。

「おまえのいうとおりだぁ！　くり子はカッコイイ。みとめてやる。すっげぇ悔しいけど、みとめてやらぁ！　てやんでぇ！」

かけっこも木登り勝負も、くり子に勝てなかった雷太くんは自分の負けを潔く認め、勝者であるくり子を称えた。

「おまえ、すっげぇな！」

「雷太に勝つ子がいるなんてビックリ」

「カッコよかったぁ」

　雷太くん以外の、他の鬼の子どもたちも次々とくり子を称賛していく。

「くり子ちゃん、今度は美雪とあそびましょ。美雪はねぇ、かくれんぼしたいな」

「かくれんぼ！　くり子もかくれんぼ好き。みんなでやろう！」

「おぅ！」

「やるぅ！」

　楽しそうに次の遊びの相談を始めるくり子と鬼の子どもたち。

　そこにはもう、半妖とか鬼の子とか関係なく、楽しく遊ぶ仲間たちがいた。

「それにしても、くり子さん。すごい子ですね」

「驚きました……。くり子があんなにも動けるなんて。知りませんでした」

　思わず本音を伝えてしまった。運動神経はいいだろうなと思っていたけど、これほどとは思わなかった。

「足が速くて、木登りも得意。ですがくり子さんのすごいところは、そこだけじゃないようにも思いますけどね」

どういう意味だろう？　確かに今日のくり子はとてもすごいけど。

「くり子さんは雷太くんにバカにされても怒らず、手も出さなかった。そして自分で自分の価値を証明してみせた。大人でもなかなかできることではないですよ。ご家族の教育がすばらしいのでしょうね」

風雅先生は、我が家の事情を詳しくは知らないと思う。それはわかっているけれど、それでも私は嬉しかった。

「かくれんぼで、子どもたちが違う校舎のほうへ行ってしまったみたいなので、僕はちょっと行かせていただきますね」

先生は軽く会釈（えしゃく）をして、子どもたちのあとを追いかけていった。風雅先生のうしろ姿を見つめながら、私はいろいろ考え始めていた。

くり子はお父さんから教えてもらったことを忘れてはいなかった。喧嘩になっても、自分から手を出してはいけないと教えられたことをきちんと守ったのだ。

礼儀を守ってお友だちと仲良くなろうね、と教えてきた私の言葉も、くり子は忘れていなかった。

くり子の教育のためにと頑張ってきたことで、くり子と喧嘩になってしまったけれど、すべてが無駄だったわけじゃなかったのかな。

けれど、あまりに厳しくするのはよくないように思う。楽しそうに笑うくり子を見ていて思った。

美雪ちゃんや雷太くんとかくれんぼをして、元気に遊んでいるくり子。

あんなにいい笑顔を見たのは久しぶりだ。最近のくり子はしかめっ面ばかりで、笑顔が少なかったから。

「くり子がしかめっ面になってたのは、私が怒るせいだよね……」

「くり子のため」と思って、くり子のお母さん代わりを頑張っていたけれど、くり子の気持ちは二の次になっていたかもしれない。

『母親がいない子は躾がされてない』ともう二度と言われたくなかったから、私は意地になっていたように思う。躾は大事なことだけれど、躾でくり子を苦しめるだけの毎日なら、一度考え直さなくてはいけない。

「私がしてきたことって、どこかずれていたのかな……」

くり子への教育がすべて間違っていたとは思いたくない。でも私の教育方針のせいで、くり子と喧嘩になったのは事実だ。私のことを、『オニおねいちゃん』と絵日記に描いたのも、私の躾や教育がくり子にとって辛かったからだと思う。

くり子のためと思いながら、私がひとり奮闘している横で、くり子はどんどん成長してきている。特に今日の、鬼の学校幼年部でのくり子は、いつも見ている幼い妹とは思えないほどだ。力が強い鬼の子どもばかりだから、思いっきり力を発散できるのかも。

くり子の成長は嬉しい。私もお父さんも、くり子の健やかな成長を願って毎日頑張っているもの。

ひとりでできることが増えていく妹の姿は頼もしいけれど、少しだけ寂しい気もする。私やお父さんの存在が、やがて妹にとって必要なくなるように思えてしまうから。今はまだ手助けが必要だけど、くり子は少しずつ自分の力で生きていけるようになるんだろうな。それが人間として、そしてあやかしとしても、あたりまえのことだと思う。それはわかってるんだけど、でも、なんだか……

「心にぽっかり穴があいてしまいそう……」

自分が呟いた言葉とは思えなくて、驚いてしまった。

「やだ、私。子どもの手が離れた、本当のお母さんみたいじゃないの」

現役のお母さんたちに聞いて回ったわけではないけど、きっと今の私みたいに、嬉しさとほんの少しの寂しさを感じながら、子どもの成長を見守っているんじゃないかな。

私にとってくり子は、それほど大きな存在になっていたんだと思う。初めて家に来た頃は、「なんで私が半妖の妹の面倒をみないといけないの？」って戸惑っていたのにね。

妹と自分のことを考えていたら、くり子が私のほうへ走ってくるのが見えた。

「おねいちゃーん！」

尻尾をぶんぶん振る子犬のように、とびっきりの笑みを浮かべ、私に向かって一直線に駆け寄ってくる。目の前まで走ってきた妹は、嬉しそうに私にしがみついた。

「くり子ねぇ、かけっこにも木登りも、かくれんぼも負けなかったよ！」

にこにこと可愛らしい笑顔を見せながら、くり子は私に報告してくれた。

「うん、おねいちゃん、見てたよ。くり子、すごくかっこよかった」

お世辞でもなんでもなく、本心だ。今日のくり子はとても輝いている。

「えへへ。そうかなぁ？」

照れたように笑う妹の頭を撫でると、妹は嬉しそうにぴょんぴょんと跳ねた。

「くり子ねぇ、おねいちゃんにほめてもらえるのが、いちばんうれしぃぃ！」

可愛らしい仕草に、笑みがこぼれる。くり子がいつか私の手を離れることを想像して、しんみりしてしまったけれど、くり子はやっぱり甘えん坊だ。そして、そんなこの子を見ているだけで、心がふわりと温かくなる。

「くり子さん、杏菜さん。こちらにおられましたか。一度教室に戻りましょう」

別の校舎に入り込んでいた子どもを両脇に抱えて回収してきた風雅先生は、いったん教室に戻ることを提案してきた。

「はーい」

「はい、わかりました」

「では行きましょう」

風雅先生の両脇に抱えられた鬼の子どもたちが、キャッキャと笑いながら、じたばたと暴れている。

「ふうがてんてー、はなしてーアハハッ」

「ワハハ！　はなせー、ふうが、はなせ～」

先生に捕まえられていることが、ううん、風雅先生にかまってもらえることが楽しいみたい。逃げようと暴れているのに、鬼の子たちはすごく嬉しそうだ。

「こら、こら。先生を呼び捨てにするんじゃないの。『風雅先生』ってちゃんと呼びなさい」

ふたりの鬼の子をがっちりと両脇に抱えたまま風雅先生が注意すると、鬼の子どもは片手をぴっと上に向け、「はーい」と素直に返事をした。

可愛い。あまりにも可愛らしいので、つい笑ってしまった。

人間の子どもとは比べものにならないほどの力を持っているのに、無邪気で素直なところは人間の子どもたちとよく似てる。

「騒々しくてすみませんね。鬼の子どもたちは腕力や脚力が強く、体力もありあまっていることが多いのに、まだ力の加減がわからなくて、あちこちで騒動を起こします。だから僕のように、体力がしっかりある者が先生になることが多いのですが、ひとりではとても無理でして……。そんなわけで小等部や中等部の生徒たちにも幼年部の子どもの世話をしてもらうのです」

くり子と手を繋いで歩きながら、風雅先生の話を聞いた。幼年部の鬼の子どもたちの力や体力がありあまってるのは今日の体験入学でよくわかった。人間の子どもの世話をするのも大変だけど、あやかしの子どもたちのお世話もまた別の意味で大変なんだろうな。

「鬼の子たちが暴れん坊なのは仕方ないのですが、それが原因で衣服がすぐにダメになってしまうことも多くて。着物でしたら、仕立て直しやお直しが洋服よりもしやすいのも、和装が基本スタイルの理由のひとつですね。人間の世界に気軽に子ども服を買いに行くこともできませんし」

なるほど。鬼たちが着物を着ているのは、そういった事情もあるからなんだ。いろんな理由があるのね。

「杏菜さん、もしよろしければなのですが、幼年部の子どもたちに絵本の読み聞かせをしていただけないでしょうか？」

歩きながら、風雅先生が突然私にそう言ってきた。

「え、私がですか？　でも私、くり子に読んであげたことがあるぐらいで、特別な技能は何もないんですけど」

「それで十分ですよ。幼年部の子どもたちは半妖のくり子さんに興味津々(きょうみしんしん)ですが、くり子さんの姉で人間の女性である杏菜さんにも同じぐらい興味があるんです。もっと言えば、杏菜さんにかまってほしいと思っていますから」

「え、そうなんですか？」

「ええ。あやかしだけの世界で生きていると、人間は遠い世界の住人ですからね」

「遠い世界の住人……あの、風雅先生、お聞きしてもいいですか？」

「はい。僕でよろしければ」

幼年部の子どもたちに慕(した)われる鬼の先生に聞いてみたいと思った。人間と鬼、そしてあやかしのことを。

「鬼の人たちと人間はどんな関係なのですか？　くり子は私の可愛い妹ですけど、この子は突然我が家にやってきたから、私にもお父さんにもよくわからないことが多いんです。今日こちらに妹と共に伺ったのも、鬼の子どもたちって、どんな存在なのか知りたいと思ったからなんです」

くり子の成長を、お父さんと一緒にこれからも見守りたいと思う。でも人間の子どもとは違う特徴や、鬼やあやかしと人間の関係を知らなければ、くり子の今後のことを考えていくのは難しいと思った。

「我々、銀の鬼の里の者たちは人間が生きる世界とは別の場所でひっそり生きています。見た目は人間とよく似ていても、体力や能力といった面で、人間とは違う種族だと里の偉い人たちは考えていますからね。ですが反面、人間の世界に憧れたり、働く場所として必要だと考えている者も多い。家族や仲間が元気に生きていけるようにと、人間の世界に働きに出る若者の鬼たちを、里の偉い人たちも止めることはできませんから」

言葉を濁しているけれど、「里の偉い人たち」というのは、銀の鬼の里の長老さんのような人のことだと思う。里の偉い人は複数いて、そういった人たちが銀の鬼の里の中心的な存在なのかもしれない。

くり子のお母さんである野分さんも、人間の世界に憧れていたと小夜さんが話していた。そうしてお父さんと出会ったのだと。

長老さんのような鬼の偉い人は人間と違う場所で静かに生きていきたいと思っているのに、働くために人間の世界は必要で、憧れる者も多いから、人間の世界を無視することはできないのだろう。

「あの、こんなこと言ったら失礼かもしれませんが、鬼たちも人間との関係について悩んでいるってことでしょうか？」

するとと風雅先生は鬼の子どもを両脇に抱えたまま、声をあげて笑った。

あれ？　笑われるようなこと、言ったかな？

「はっきり言えばそうですね。鬼たちも人間との関係に悩んでいる。人間に鬼やあやかしの存在を知られることなく、ひっそり生きていきたいのに、人間の世界を無視できませんからね。人間と鬼の子として生まれた半妖のくり子さんと、そのご家族の存在は、我々鬼の未来にとっても、いいきっかけになるんじゃないかと僕は思っているんです」

私に読み聞かせをしてほしいと風雅先生がお願いしているのは、鬼の子どもたちに積極的に関わってほしいと願っているからなのだろう。

「わかりました。幼年部の子どもたちへの読み聞かせ、頑張ってみます」

風雅先生は嬉しそうに微笑んだ。

「ありがとうございます。幼年部の子どもたちも喜びます」

「緊張して、どもったり読み間違えたりしたら、ごめんなさい」

「大丈夫ですよ。幼年部の子どもたちは絵本を読んでもらえるだけで嬉しいですから」

私と風雅先生の話を黙って聞いていた妹が笑顔で言った。

「おねいちゃん、絵本よむのじょうずよー。くり子、だいすきだもん！」

「おや、くり子さんも杏菜さんに絵本を読んでほしいそうですよ」

くり子に絵本を読んであげるって約束したのに、忙しくて忘れてしまっていたことがあった。ならばせめて、今日はくり子と幼年部の鬼の子どもたちのために、絵本を読んであげたい。

「わかったよ。今日はくり子とみんなのために読むね」

「わーい！」

嬉しくて、ぴょんぴょんと跳ぶ妹を微笑ましく見つめながら、教室へ歩いていった。

幼年部の教室へ入ると、かけっこや木登りで外に出ていた子どもたちも戻ってきていた。美雪ちゃんや雷太くんもいる。

風雅先生が両脇に抱えていた鬼の子を床に下ろすと、黒い浴衣を着た男の子が駆け寄ってきた。

「風雅先生、みんなを教室に集めました。これで全員揃いました」

「水流（みずる）、ありがとう。助かるよ」

先生にお礼を言われた水流くんという男の子は、少し照れたように頬をぽっと赤く染め、恥ずかしそうにしている。

「先生は大変だから、よく手伝うようにって、父からも言われていますから」

照れながらも、礼儀正しく話す水流くんが可愛くて、そして素敵だった。

「おい、水流！　自分だけカッコつけんなよぉ。おいらもがんばったぞ」

水流くんの肩をバシバシと叩きながら、主張してきたのは雷太くんだった。

「おまえはかけっこや木登りして遊んでいただけだろ？　ぼくは先生に代わって、みんなを集めてきたんだから」

「お、おいらだって声はだしたぞ。『みんなかえるぞ～！』ってな。てやんでぇ」

「その、『てやんでぇ』ってやめなよ。人間の世界で放送してたドラマをおじさんに見させてもらって、それを真似してるんだろうけど、はっきり言って変！　だよ」

「へ、へん？　おいらが？」

「うん。思いっきり変。あと、『おひかえなすって』って、全然決まってなかった」

「へん……きまってなかった……そ、そんなぁ」

水流くんの言葉がよほどショックだったのか、雷太くんは口をあんぐりと開けたまま、絶望的な表情で立ちつくしている。ちょっとかわいそう……

決めポーズと決め台詞でかっこよく登場したつもりだったんだろうけど、確かに私の頭の中には、「てやんでぇ少年」という印象しかない。

水流くんって、先生には礼儀正しいのに、お友だちにはかなりの毒舌みたい。誰も言えなかったことを、見ているのが気の毒になるぐらいズバズバと言ってたもの。

「水流、それぐらいにしてやってくれ。雷太、君も今日はよく頑張ったよ。先生は知っているから安心しなさい」

見かねた風雅先生がふたりの間に入ると、雷太くんに子どもらしい笑顔が戻った。

「ふうがせんせー。おいら、うれしい……。せんせ、好きだぁ！」

雷太くんはおおげさにむせび泣きながら、先生の腰にしがみつく。そんな雷太くんを片手でなだめつつ、風雅先生は私のほうへ顔を向けた。

「すみません。あちらに絵本がありますので、どれでもお好きなものを読んでやっていただけますか？　読みやすいもので結構ですので」

「はい、わかりました」

「くり子も！　いっしょ、えらぶ！」

先生が指し示したところへ行くと、絵本用のブックシェルフがあった。絵本をディスプレイできる形の収納棚で、可愛らしい表紙の絵本が何冊か並んでいる。

「いいな〜。こういうブックシェルフ、家にもほしい。絵本の表紙を眺めながら、本を探せるもんね」

絵本好きなくり子のために、我が家には絵本がたくさんあるけど、昔からある本棚に押し込む形になってる。絵本の保管という意味ではあまりいい収納ではないので、いずれ本棚を替えるなりして、絵本を美しく見せる収納にしたい。

「どれにしようかな。読みやすいのがいいよね」

などと呟きながら絵本を選んでいると、想像していたよりも絵本の数が少ないことに気づいた。しかも何度も繰り返し読んでいるのか、絵本はあちこち破れていたり、ページがとれそうになったりしている。補修はしてあるけど、それももう限界、といった絵本ばかりだった。

「絵本、ぼろぼろね」

くり子が絵本を撫でながら、小さな声でぽつりと呟いた。

元気いっぱいの鬼の子どもたちが読んでいるから仕方ないけど、絵本が好きなくり子にとっては辛い光景かもしれない。

「きっとみんなで何度も読むほどお気に入りの絵本たちなのよ、きっと。くり子も読んでほしいと思う絵本を探してくれる?」

「はーい」

くり子に手伝ってもらいながら、読み聞かせのための絵本を探した。ブックシェルフに収納されているすべての本を一冊ずつ確認していく。

「あれ、動物の絵本しか、ない……?」

動物の女の子や男の子が二本足で立って洋服を着ている、動物を擬人化した絵本ばかり、きれいに並べられていた。その他には、文房具や日常品を擬人化させた絵本が数冊。なんだか置いてある絵本の内容に偏り(かたよ)があるように思った。最初は気のせいかとも思ったけど、もう一回すべての本を眺めてみると、やはり勘違いではないと思う。

人間の男の子や女の子、おばけや妖怪が主人公の絵本が一冊もないのだ。

人間の世界には多種多様な絵本があるのに、なぜなのだろう?

「くり子、これがいい!」

自分が読んでほしいと思う本を、くり子は私に渡してきた。絵本選びに夢中だった妹は絵本の偏り(かたよ)には気づいていない様子だ。

「わかった。これね」

くり子が渡してくれた絵本は、「きつねのこん吉くんシリーズ」と呼ばれる人気シリーズ。もふもふのしっぽに赤いパンツがトレードマークのきつねのこん吉くんがおつかいに行ったり、新しいお友だちと仲良くなったり、ピクニックに行ったり、ちょっとした冒険にまきこまれたりする物語だ。主人公である、きつねのこん吉くんが愛らしく、大人になっても忘れられないファンが多いと聞く。私もくり子も大好きな絵本シリーズだ。

この絵本なら、私も何度も読んできたし、多くの子どもたちの前で読み聞かせをするのにも適していると思った。

「風雅先生、絵本を決めました」

風雅先生のところに絵本を持っていくと、腰を下ろした先生の周辺には多くの鬼の子が集まっていた。

大きい背中にぴったりとくっつき、心地よいのか、うとうと眠っている雷太くん、先生の左腕を大切そうに抱きしめている美雪ちゃん、筋肉質の右腕を鉄棒のようにして、がっちりとしがみつくふたりの鬼の男の子は互いの陣地を狙ってにらみ合っている。長い両足にもたれかかり、じゃれ合っている子は水流くんを含めて三人いた。

子どもたちに囲まれているというよりは、好き勝手にもみくちゃにされているというほうが正解みたいだ。

先生って大変だな……

子どもが好きってレベルじゃ務まらない仕事のように感じた。

「すみません、杏菜さん。本来なら僕から杏菜さんに読んでほしい本をお渡ししないといけないのに、こんな感じで身動きできないものですから」

鬼の子どもたちをあやしながら、風雅先生は苦笑した。

「くり子が手伝ってくれたから大丈夫です。それにしても風雅先生は人気者ですね」

鬼の子どもたちに慕(した)われていなければ、こんなふうにまとわりついてこないだろう。

「人気者かどうかはわかりませんが、みんないい子だから僕もこの子たちが大好きですよ。ね？　みんな」

風雅先生が声をかけると、先生にくっついていた子どもたちからも、それぞれ返事があった。

「ふうが先生、好きよ。やさしいもの」

「ふうがはなー、強いんだぞ。父ちゃんの次にだけどよ！」

「風雅先生は物知りだから」

「せんせー、力持ちだもん！」

「せんせい、でかいから好き！」

「ふうが先生のくりんくりんの髪がすきぃ」

理由は様々みたいだけど、風雅先生は子どもたちにとても好かれているのだと思った。もみくちゃにされるのは大変だと思うけど、見ているだけなら微笑ましくて心が和む。

「はーい、みんな！　今日はくり子さんのお姉さんがみんなのために、絵本の読み聞かせをしてくれるそうですよ。お姉さんを中心にして、座りましょう！」

風雅先生が大きな声で指示を出すと鬼の子どもたちは一斉に立ち上がり、わらわらと私の周辺に集まってきた。

わわっ！　今度は私がもみくちゃにされる！

子どもたちが飛び込んでくると思った私は、衝撃に備えて身構えた。

ところが鬼の子どもたちは私に飛びついたりはせず、ぐるりと取り囲むように腰を下ろした。そして膝を抱えて、ちょこんと座っている。みんな、とてもお利口だ。

「あれ、くり子？」

私の隣にいたはずの妹は、ちゃっかりみんなの輪の中に入って座り、にこにこと微笑んでいた。くり子、鬼の子どもたちに、すっかり馴染(なじ)んでいるみたい。

「おねーさん、よんでー」

「こら、『読んでください』だろ」

「そのご本、美雪も大好き。こん吉くんが可愛いの」

「おいらは、悪者をバッタバッタと切り捨てるのがいいなー」

「それ、絵本じゃないから」

鬼の子どもたちは好き勝手なことを言いながらも、期待に満ちた視線で私をじっと見つめている。私が読み聞かせを始めるのを、待ってくれているんだ。こんなに期待してもらえるのは初めてかもしれない。

「ちょっと待ってね。今読むから」

きつねのこん吉くんシリーズの中から、子どもからも人気が高い「きつねのこん吉くん、ピクニックにいく」のページを開いた。絵本に描かれた可愛いきつねの絵が見えるように、子どもたちに向けて絵本を掲げながら、少しずつ読んでいく。

「『きょうはいい天気だなぁ』こん吉くんは空を見ながら、いいました。『こんな日は、おひさまの下でごはんを食べたいね』こん吉くんはてづくりのおべんとうをつくって、ピクニックにいくことにしました。『やぁ、こん吉くん。どこにいくんだい？』声をかけてきたのは、犬のたろうくんでした」

鬼の子どもたちは真剣な眼差しで私が持つ絵本を見つめ、物語に耳を傾けている。人一倍騒々しかった雷太くんでさえも、静かに私の声を聞いていた。

「きつねのこん吉くん、ピクニックにいく」は美味しそうなお弁当を持って歩くこん吉くんに、様々な人が「一緒にいってもいい？」と声をかけ、徐々に仲間が増えていくという物語だ。最終的には大人数でピクニックを楽しむことになる。お弁当をみんなで楽しく食べてると、おむすびがころりと落ちて、コロコロと転がっていく。それをみんなで追いかけていくと穴に落ちてしまい……なんてトラブルもある。擬人化された可愛い動物キャラたちが嬉しそうにお弁当を食べたり、ちょっとした冒険をしたりするのが楽しい絵本。

動物キャラたちの友情もこの物語の魅力なので、鬼の子どもたちに読んであげるならこの絵本がいいと思ったのだ。

くり子には何度も「きつねのこん吉くん」を読んであげているけれど、多くの子どもたちの前で読み聞かせをした経験は一度もない。大きめの声で、ゆっくりと読むものの、緊張していることもあって、ところどころ読み間違えたり、どもったりしてしまう。

あっ、また読み間違えた！　と思うたび、鬼の子どもたちの様子をそっとうかがうが、「まちがえたでしょ！」と責めてくる子どもは誰もいない。キラキラとした瞳で、じっと絵本を眺め、静かに私が読む物語に耳を傾けている。

ああ、可愛いな。鬼の子どもたち。

子どもの可愛らしさは、人間もあやかしも、鬼の子もきっと同じなんだ。みんな無邪気で素直で、ときどき悪戯をしたりするけれど、どの子も特別で愛らしい。

人間の子どもと、鬼の子どもたち。鬼の子のほうが力が強いという違いはあるけれど、大人を慕って甘えるところは何も変わらない。

「きつねのこん吉くんは、こんどはもっとたくさんのおべんとうをつくって、みんなとピクニックにいこうとおもうのでした。……おしまい」

何度か読み間違えたりしながらも、どうにか絵本「きつねのこん吉くん、ピクニックにいく」を読み終えることができた。

ほっと息をつき、鬼の子どもたちの様子を確認した。鬼の子どもたちは膝を抱えて座ったままだった。

あれ？　私の読み方、やっぱり下手だったのかな？　それともこの絵本、鬼の子どもたちはあまり好きじゃなかった？

心配になって風雅先生に助けを求めようとした時だった。

「おねえさん、すごい……」

ぽつりと呟いたのは、最初に自己紹介してくれた鬼の美少女、美雪ちゃんだった。

え？　何？　と思った次の瞬間。

鬼の子どもたちから、わぁっと歓声があがった。

「こん吉くん、面白かったぁ！」

「もっと読んでぇ！」

「おねえさん、絵本読むの上手ですね！」

「おいら、こん吉と友だちになってやってもいいぞ！」

鬼の子どもたちは拍手したり、両手をあげてぶんぶんと振ったり、思い思いに絵本の感想を伝えてくれた。

ああ、よかった。

「きつねのこん吉くん、ピクニックにいく」の面白さが、読み聞かせでちゃんと伝わったんだ。何度か読み間違えたりしていたから、面白いと感じてもらえないかもと心配してたのだ。

「おねえさん、絵本もっと読んで！」

「読んでください！」

「おいらも読んでほしいぜ！」

「くり子も、読んでほしい！」

鬼の子どもたちだけでなく、妹のくり子まで私にもっと読んでほしいとせがんできた。

「こら、こら。杏菜さんはくり子さんの付き添いですよ。何度も読んでもらおうなんて、わがまま言ってはダメです」

先生の言葉に、鬼の子どもたちは肩を落とし、しゅんと小さくなってしまった。

「もっと読んでほしいよぅ」

「こん吉くんの絵本、他にもあったのに……」

絵本の読み聞かせをしただけで、まさかこんなにも喜んでもらえるとは思わなかった。鬼の子どもたちは、絵本がとても好きなのだろうか？

しょんぼりする子どもたちの姿を見ていられず、つい言ってしまった。

「あの、風雅先生がよろしければ、もう少し読んであげたいです」

すると鬼の子どもたちから、わぁっと喜ぶ声があがり、教室中に響いた。雷太くんなんて、ぴょんぴょんと飛び上がりながら喜んでいる。悪者を倒す話じゃないのに、こん吉くんシリーズを好きになってくれたのね。

「おねーさん、ありがとよ！」

「もっと読んで、もっと、もっと！」

読み聞かせをこれほど熱望してくれる子どもたちの前で、もうできませんなんて言えるはずがない。

「じゃあね、こん吉くんの別の絵本を読むね！」

私が言うと、鬼の子どもたちは、「はーい！」と元気良く返事をした。

それから私は、こん吉くんシリーズの絵本を三冊続けて読んだ。

読んでいるうちに喉が乾燥して、声が嗄れてくるのがわかったけれど、それでも読み聞かせをやめることができなかった。

だってくり子も、鬼の学校幼年部の子どもたちも、目をきらきらと輝かせて、私が読む物語をとても楽しんでくれているから。

絵本ってすごいな。人間とか、鬼の子とか、半妖の子とか関係なく、誰でも楽しませてくれるのだもの。こんなにも喜んでくれるなら、我が家にある絵本を持ってきて、鬼の子どもたちに読み聞かせしてあげたいぐらいだ。おばけの子が主人公の話や、忍者の男の子が活躍する話、秘密の探検をする物語とか、面白い絵本がまだまだある。

どうして鬼の学校幼年部には、動物を擬人化した絵本ばかりなのだろう？　もっといろんな絵本があったらいいのに。

などと思いながら、絵本を三冊読み終えたところで、さすがに声が限界だと感じて、風雅先生に視線で救いを求めた。子どもたちはもっと読んで、と頼んできたけれど、これ以上は声を出すことさえ辛くなってしまいそうだ。

「はーい、みんな！　今日はここまでにしておきましょうね。ではみなさんで杏菜さんにお礼を言いましょう」

風雅先生が鬼の子どもたちをやんわりと止めてくれたおかげで、どうにか読み聞かせの時間を終了することができた。

「いいですか、みんなで声を合わせて。せーの……」

先生のかけ声で、くり子と鬼の子どもたちは一斉に立ち上がり、私に向かって元気良く言った。

「おねーさん、あーりーがーとうぅ～！」

「ありがとう」という言葉と共に、ふわりと風が吹いた。最初の「こんにちは」の挨拶の時に感じた風と似ていたので、また後ろに転んでしまうかもと思い、慌てて足に力を入れる。ところが疲れているからか、思うように体に力が入らない。このままだと後ろにひっくり返ってしまうかもと覚悟したら、今度の風は疲労した私の体を労るように、ふわりとつつみ込んで、そっと撫でつけたのだ。

わぁ……気持ちいい。

火照った体が風で適度に冷やされて、とても心地よかった。

鬼の子どもたちは、こんな風も起こせるのね。鬼の子たちなりの私への感謝と気遣いのように感じられて、とても嬉しかった。

「杏菜さん、本当にありがとうございました。お茶とのど飴を用意しましたので、少しお休みください」

「あ、ありがと、ござえ、まっす」

声が嗄れ始めているせいか、変な話し方になってしまったけれど、気にしている余裕はなかった。そんな私を、風雅先生も笑ったりはしなかった。たぶんだけど、先生も同じような状態になったことが何度もあるんじゃないかな。無邪気で可愛い子どもたちに「もっと、もっと」とお願いされたら、無視はできないものね。

先生に淹れていただいたお茶を飲んで喉を潤し、のど飴をゆっくりなめていたら、喉の調子がようやく落ち着いてきた。声が出るようになったことを確認してから、風雅先生にそっと聞いてみた。

「あの、風雅先生。くり子が絵本大好きなので、我が家にはたくさん絵本があるんです。もしよろしければ、家から絵本を持ってきて、今度みんなに読んであげたいのですが……」

言葉を選びながらたずねると、風雅先生は元気に走り回る鬼の子どもたちやくり子を目を細めて見守りながら、ぽつりと呟いた。

「杏菜さん、お気づきですよね？　鬼の学校幼年部には絵本の数が少ない。もっと言えば、絵本の種類に偏り（かたよ）があることを」

あえて聞かないようにしていたことを、風雅先生にずばりと言われてしまった。

もしかしたら、気づいてほしくて、読み聞かせの本を私に選ばせたのかもしれない。

「動物や文房具を擬人化した絵本ばかりでしたよね？　何か理由があるのですか？」

聞いていいのかどうかはわからなかったけれど、風雅先生は質問してほしがっているように感じた。

「鬼の子どもたちは、娯楽が少ないんですよ。銀の鬼の里の偉い方々は頭が固すぎて……いえ、意志が固くていらっしゃるので、人間の世界の娯楽が鬼の里に入ってくるのを嫌がるのです。特にまだ幼い鬼の子どもたちには、人間の世界で作られたものにあまり触れてほしくないとおっしゃるものですから」

「長老さんたちがそんなことおっしゃるなんて……。では人間の世界で作られた絵本も駄目ってことですか？」

　驚いた私が風雅先生に聞くと、先生は悲しそうな顔で笑った。

「学校の費用で人間が作った絵本を買ってくるのは不可ですね。ただ人間の世界で働く大人の鬼たちが、自分の家族へのお土産として人間の世界の絵本やＤＶＤを買ってくることは、各家庭の話なので黙認しています。ですがお土産であっても、学校に入れるのはダメだとおっしゃるのです。そこで家庭で読まなくなった絵本を引きとり修繕して、長老様たちから許可がとれた絵本だけを学校に少し置くのはどうでしょうか？　と交渉したら、やっと了解していただけました」

　鬼の学校幼年部の絵本がどれもぼろぼろで、冊数も多くない理由がやっと理解できた。本当はぴかぴかの新刊の絵本を購入したいのに、銀の鬼の里の偉い人たちが許可してくれないからなんだ。

「人間の世界に、たくさんの良質な絵本があるのは僕も知っています。ですが、言われるんですよ。『人間が主人公の絵本は、やめておけ。幼いうちから人間に憧れを抱いてしまわないように』とか、『あやかしや妖怪、おばけが主人公の絵本は駄目だ。人間の想像で描かれているから、間違った認識を持たれては困る』ってね。人間の世界の書店に行って、僕個人のお金で絵本を購入してきたこともあるのですが、どれも学校に置くのはダメだと言われてしまいました。各家庭で読まなくなった絵本を引きとり修繕して再利用することは、物を大切にすることを子どもに教えることになるので許可しよう、と言われました。それも種類は限定されてしまうんですけどね」

まさかそこまで厳しいとは想像もしていなかった。動物や文房具が擬人化された絵本ならば、鬼の子どもたちにも悪い影響は少ないだろう、ということなのだろうか。

でもそれでいいのかな。理屈はわからなくはないけど、子どもたちがかわいそうだ。

「鬼の里の偉い方のご意見を否定するつもりはありません。すべて間違っているとも思いませんしね。人間の姿に擬態できない子どもの鬼たちが、絵本などを読んで人間の世界に憧れて、こっそり冒険に出られたら大変なことになりますし」

雷太くんのような元気いっぱいの鬼の子どもが人間に憧れて、こっそりと人間の世界に冒険に出てしまったら――無邪気で人を疑うことを知らない鬼の子どもたちは、憧れている人間の前に姿を見せ、角や牙があることに気づかれてしまうだろう。

人間が鬼の子どもの存在を知ったら、大変な騒動になることは想像するまでもない。テレビで報道されたり、ＳＮＳで拡散されたりしたら、あっという間に世界中で鬼の子どもたちは晒しものになってしまう。どこかに閉じ込められて、二度と鬼の里に戻ってこれないかもしれない。

以前はくり子にも角や牙があったので、私もお父さんも、くり子を家の中に閉じ込めておくしかなかった。とてもかわいそうだったけれど、仕方がなかったのだ。

すべてはくり子を守るため。

人間の好奇心であれこれ探られたり、病院とかに閉じ込められて何かしらの実験台になんて、絶対にされたくなかったもの。

長老さんたちも好みや偏見で、絵本やＤＶＤといった人間が作った娯楽を制限しているわけではないのだと思う。

鬼の子どもたちを守るためなのだ。

けれど、大人の鬼たちが自分の子どもや弟や妹のためにと、人間の世界から持ち帰った絵本までは禁止にすることはできなかったんじゃないかな。家族へのお土産であり、愛情の証だもの。だから鬼の家庭でいらなくなった本を修繕して学校で再利用することはかろうじて許可しているのかもしれない。物を大切にすることを教えるだけじゃなく、愛情の証を無駄にしないように。

ぼろぼろになった絵本を何度も何度も修復して子どもたちに読んであげている風雅先生。多くない絵本を読んでもらえることをとても楽しみにしている鬼の子どもたち。私みたいに素人の絵本の読み聞かせを、鬼の子どもたちがとても喜び、何度も読んでほしいとせがんできた理由。

やっとわかった気がする。

鬼の子どもたちは、本当はもっともっと絵本を読みたいし、読んでほしいんだ。

人間の世界にはもっといろんな絵本があることに、気づいてる鬼の子もいるんじゃないかな。水流くんなんて、とても賢そうだったし。

でも偉い人たちに制限されているから、もっと絵本を買ってきてとは頼めないのだ。

「そういえば、雷太くんは最初の自己紹介で、『おひかえなすって』とか『てやんでぇ』って言ってましたよね。あれって雷太くんのお父さんが見せてしまったんですか？　時代劇のＤＶＤとか配信ドラマとかを」

風雅先生は苦笑いを浮かべながら、雷太くんの事情を話してくれた。

「ええ、そうです。雷太くんのお父さんが時代劇が好きで、雷太くんにもこっそり見せているんですよ。昔の人間の姿であり、今はこんな人間はひとりもいないし、刀も禁止されているみたいですけどね。それでも雷太は刀剣で悪者を倒していく姿に憧れてしまったみたいで。くり子さんや杏菜さんへの自己紹介で妙な話し方をしていたのも、彼なりのおもてなしの気持ちだったんです。どうか許してやってくださいね」

雷太くんの「おひかえなすって」や「てやんでぇ」を思い出し、風雅先生と一緒に笑ってしまった。

雷太くんなりのおもてなしは、幼児だからか記憶があやふやで、なんだかおかしな話し方になってしまっていたのだと思う。

なんて可愛いのだろう。

元気いっぱいの雷太くんも、日本人形みたいな美少女の美雪ちゃんも、友だちには毒舌の水流くんも、どの鬼の子どもも、みんな可愛い。そして私の妹、くり子も可愛い。

しかし、絵本を制限されている理由は理解できたけれど、どうにかならないのかな。

私に何かできることはないだろうか?

絵本の読み聞かせをあれほど喜んでくれるなら、もっと読んであげたいもの。

そして私も絵本のことをもっと知りたいと思った。

私自身も絵本が昔から好きだったし、くり子が喜ぶからと何冊も買ってあげてはいたけれど、知識がしっかりとあるわけではない。

鬼の子どもたちを心配する長老さんたちを説得できるだけの絵本の知識があったら、私にも何かできるんじゃないだろうか？

勉強してみたいな、絵本のことを。

絵本を通して、鬼の子どもたちや半妖のくり子が安全に生きていける未来に少しでも貢献できたら……

いただいたのど飴を口の中で転がしながら、あるかどうかもわからない未来のことをあれこれ考えてしまった。

なんだろう。

すごく、わくわくしてくる。

心の奥底で、小さな灯火（ともしび）がともったように感じた。それはまだとても小さいけれど、私を未来へと導いてくれるように思えた。

私みたいなちっぽけな人間にできることは少ないし、現実はそんなに甘くないとよくわかっている。きっと簡単なことではないはずだ。

でも、やってみたい。

絵本のことを学んで、私にできることを模索しながら、鬼の子どもたちや半妖のくり子が幸せな大人になっていく手伝いがしたい。そうすれば、くり子が大きくなっても、絵本を通して鬼の子どもたちに何かができるように思えた。

だって私は、半妖のくり子のたった一人の姉なのだから。

それは私の中に初めて生まれた、将来の夢だった。

これまでの私はお母さんがいない家の家事を担い、くり子が来てからは子育てにも奔走していたから、未来の夢を考えている時間なんて一切なかった。家事と子育てと高校の勉強で、毎日必死だった。

高校を卒業したら、進学も就職もせず、くり子のお母さん代わりとして家庭の中だけで生きていくこともぼんやりと考えていた。けれどそれは、くり子が喜ばないように思った。おそらくお父さんもだ。だってくり子もお父さんも、私が「くり子のお母さん代わりになる」という宣言を聞いても、笑顔にはならなかったもの。

将来の夢と呼べるほど、まだしっかりとした形にはなっていないけれど、私の心の中に芽生えた夢のかけらを大切にしたい。

お父さんやくり子に話してみよう。大学に進学するなら、お父さんとも相談しないといけないものね。

「風雅先生、今日は本当にありがとうございました。妹と共に、鬼の学校幼年部に来られて本当に良かったです。とても楽しかったし、勉強になりました」

今日ここに――鬼の学校幼年部にくり子と一緒に来なかったら、将来の夢のかけらを抱くこともできなかったと思うから。

「こちらこそ本日はありがとうございました。くり子さんが鬼の学校幼年部にまた来られるようでしたらお知らせくださいね。杏菜さんも都合が合うようでしたら、ぜひご一緒に。子どもたちも楽しみにしてますから」

「はい。また絵本の読み聞かせしてあげたいですし」

「ありがとうございます。その際はまたよろしくお願いします」

鬼の学校幼年部にまた来たいと思う私の気持ちを喜んでくれる風雅先生の言葉が嬉しかった。

「では小夜さんに連絡してお迎えを頼んできますね」

「はい、お願いします」

小夜さんに連絡をするため走っていく風雅先生の背中を見送ったあと、くり子へと視線を向けた。

「くり子にも、帰ることを伝えないとね」

鬼の子どもたちと遊んでいる妹のところへ歩いていき、声をかける。

「くり子、そろそろ家に帰る時間だよ。小夜さんがお迎えに来てくれるからね」

すると鬼の子どもたち全員から、「えー!」という落胆の声が響いた。

「くり子ちゃん、もう帰るの？　うちにおいでよ。もっとあそぼう」

「くり子、帰んなよ。おいら、まだおまえにかけっこ勝ってねぇぞ」

「お姉さん、絵本もっと読んでください」

「そうだよ、絵本よんで。もっと聞きたいよぅ」

「くり子ちゃんとかくれんぼ、まだやりたいよぉ……」

鬼の子どもたちは私に次々としがみつき、必死に甘えてくる。くり子のほうは、美雪ちゃんに帰すものかと抱きしめられていた。

「あのね、みんな。これが今生の別れってわけじゃないんだから」

「『こんじょーのわかれ』ってなんだよ。意味わかんねぇよ」

「そっか。意味がわからない言葉を使ってしまってごめんね。あのね、もう二度と会えないってわけじゃないから、泣かなくても……」

鬼の子どもたちをなだめながら、もう会えないわけではないと説明しようとしたのだけど――

「二度と会えないなんて、いや～！」

くり子を抱きしめていた美雪ちゃんが、突然叫び、しくしくと泣き始めた。

すると美雪ちゃんに影響されたのか、同じように泣き始める子が出てきてしまった。

「な、なんだよぉ……もう来ないのか？　そんなの、さびし……うわぁーん！」

一番元気で、暴れん坊な雷太くんまでが、おいおいと泣き始めてしまう。

「ちょ、ちょっと待って。みんな、落ち着いて」

多くの子どもたちに別れを惜しんで泣かれた経験なんてない。

これって、どうやって慰(なぐさ)めたらいいの？

「うわぁーん！　かえんなぁ、くりこぉ。おいらともっと勝負しろぉ。うぉおーん」

雷太くんは床にでーんと寝そべり、両手足をばたつかせて、わんわん泣いている。

とうとう駄々までこね始めたよ。

ああ、誰か助けて。私ではどうにもできないよ。

私まで鬼の子どもたちと一緒に泣きたくなった時だった。

「くり子、また来るもん。泣いたら、めっ！　するよ」

泣きじゃくる美雪ちゃんの頭を撫でながら、くり子が大きな声で言った。

「雷太くん、起きてぇ。ねんねしてたら、くり子と勝負できないよ」

床にひっくり返って、おいおい泣いていた雷太くんが、ぴたりと泣きやんだ。

「くり子、おいらとまた勝負してくれんのか？」

むくりと起き上がった雷太くんが、袖口で涙を拭いながら、くり子の前に立った。

「うん。今度ね」

「ほんとか？」

「うん、約束するよ」

「約束やぶったら、お仕置きしちゃうぞ」

雷太くんはさらりと怖いことを言った。たぶんお母さんにいつも言われてるんだろうな……

「うん。お仕置きしていいよぉ。約束やぶったらね」

次にいつ来られるかも決まっていないのに、くり子は笑顔で答えてしまった。

でもおかげで鬼の子どもたちは落ち着きを取り戻し、笑顔が戻ってきたようだ。

約束をやぶらないようにしないとね。でないと、雷太くんにお仕置きされちゃうよ、くり子。

「杏菜さん、小夜さんと連絡が取れましたよ。もうしばらくしたら迎えに来られるそうです。……って、あれ？　ひょっとして子どもたち泣いてました？」

すでに泣きやんでいるとはいえ、鬼の子たちの目が赤いので、泣いていたことに風雅先生はすぐ気づいたようだ。

「すみません、私がくり子に、『もう帰るよ』って伝えたら、みんな次々と……」

「そうでしたか。それはこちらも配慮が足りませんでしたね。申し訳ありません」

「風雅先生に謝っていただくことじゃないです。私がもう少し気をつけるべきでした」

くり子と楽しく遊んでくれていたのに、鬼の子どもたちの目の前で「もう帰るよ」なんて言ったら、悲しむ子もいることを想定すべきだったと思う。申し訳ないことをしたのは私のほうだ。

「幼年部の子どもたち、くり子さんと杏菜さんのことが大好きになってしまいましたからね。よろしければまた遊びに来てやってください。僕と子どもたちはいつでも大歓迎ですので」

「はい。お願いします。くり子が鬼の力を制御できるように、こちらにも時々通ったほうがいいと思いますので。父や長老さんと相談しないといけませんけどね」

私とお父さんとで、くり子の子育てをこれからも頑張るつもりだ。でもくり子のお母さんから受け継いだ鬼の力までは、たぶんどうにもならない。それは鬼の学校幼年部で半日を過ごしてみてよくわかった。鬼の子どもたちとくり子が共に過ごしたり、時に喧嘩したり勝負したりしながら、力の加減を覚えていくしかないのだと思う。

「おねーさん、さいごに絵本よんでぇ」

鬼の女の子たちが、うさぎの女の子、レミちゃんが主役の絵本を持ってきた。「こん吉くんシリーズ」は男の子が主人公だったから、今度は女の子が主人公の絵本を読んで、ってことかな?

「読んであげたいけど、声が出るかどうかわからないの。ごめんね」

傷(いた)んだ本を抱えた鬼の女の子は、悲しそうにうつむいてしまった。

「じゃあ僕が絵本を読み聞かせしますので、杏菜さんは主人公のレミちゃんの台詞だけお願いできますか？」

風雅先生の提案をありがたく受けることにした。台詞だけなら、なんとか読み上げることができそうだもの。

こうして小夜さんがお迎えに来てくれるまで、風雅先生と私とで、「うさぎのレミちゃん」の絵本を読んだ。鬼の子どもたちは最後まで楽しそうに聞いてくれた。

しばらくして、小夜さんが鬼の学校幼年部に迎えに来てくれた。

「くり子、杏菜さん、お迎えに参りました。遅くなって申し訳ありません」

「小夜さん。ありがとうございます！」

お礼を伝えると、小夜さんは私の顔をじっと見て、それから静かに微笑んだ。

「くり子も杏菜さんも、鬼の学校幼年部での時間は満足できるものだったようですね。特に杏菜さんのお顔、すっきりなさってますもの」

「あれ、わかります？　というか、私、こちらへ来る前はそんなに変な顔をしてました？」

「ええ。どんよりとしたお顔をされていましたよ。いろいろ悩んでいらっしゃるのだと思いましたが、わたくしが聞いて良いことかどうかわかりませんでしたので、黙っていましたけども」

小夜さんは私のことを心配してくれていたようだ。その気持ちが嬉しいし、ありがたいと思う。

「父と相談してからですけど、小夜さんにもまた話を聞いてほしいです。銀の鬼の里の長老さんに改めてお願いしたいこともありますし。小夜さん、いいですか？」

小夜さんは優しい笑みを浮かべて頷いた。

「ぜひお聞きしたいですわ。その時はまた美味しいお菓子をお持ちしますね」

「私も何か作って待ってますね」

「楽しみにしていますね。では人間の世界に帰りましょう」

「はい。お願いします。くり子、帰るよー」

「はーい」

くり子は元気良く返事をして、駆け寄ってきた。

鬼の学校幼年部の子どもたちは、今度は泣いたりしなかった。

「くり子ちゃん、ぜったいまた来てね。美雪と遊ぼう」

「うん。またあそぼ」

「おいらとの勝負から逃げんなよ！」

「逃げたりしないよぅ」

鬼の子どもたちとそれぞれ別れの挨拶をして、くり子はまた来ることを改めて約束する。

「はーい、みんな。最後はみんな並んで、くり子さんと杏菜さんをお見送りしましょう」

風雅先生がぱんぱんと手を叩くと、鬼の子どもたちは横一列に並んだ。

「くり子ちゃん、またねー！」

「また来いよ！」

手を振りながら、懸命にお見送りしてくれる鬼の子どもたちが可愛かった。

「またね、みんなまたね〜」

くり子も全力で手を振り、鬼の学校幼年部の子どもたちとお別れした。そして来た時と同じように白い霧の中をゆっくり歩いていく。

「おねいちゃん、おばしゃま」

くり子は小さな手で私と小夜さんの手をきゅっと握った。

「くり子ね、美雪ちゃんや雷太くん、鬼の子たちにまた会いたいよぅ。会えるかなぁ？」

くり子の声は震えていた。うつむいているから表情はわからないけれど、たぶん泣いているんだろう。友だちになった鬼の学校幼年部の子どもたちと次回いつ会えるかわからないから。

本当はくり子も泣きたかったのに、鬼のみんなの前ではぐっと我慢していたのだと思う。くり子が泣いたら、鬼の子どもたちもまた泣いて、収拾がつかなくなってしまうもの。

「できるだけ早く会えるように、おばさまから長老に話しておきますからね」

「お父さんからもお願いしてもらうからね」

くり子は顔を下に向けたまま、うん、うんと無言で頷いた。小さな体はかすかに揺れている。顔をあげたら、泣いてるのがわかってしまうから。

「今度は我が家から絵本を持っていってあげられるといいね」

銀の鬼の里の長老さんが受け入れてくれるかどうかはわからないけれど、くり子と鬼の子どもたちのために、私も頑張ってみようと思った。

†

「ただいま！」

鍵を回して玄関を開けると、そこは慣れ親しんだ我が家だ。たった半日間家を空けていただけなのに、なぜだか懐かしく思えるから不思議だな。

「ただいまぁ～！　くり子、帰ったよう」

くり子はもう泣いていなかった。小夜さんと手を繋いでる間は、ずっとうつむいていたのにね。

小夜さんとは我が家に到着する少し前でお別れした。家でお茶でも飲みましょうと誘ったけれど、小夜さんは笑顔で首を横に振った。

「今日のことを、銀の鬼の里の長老に話してきますから。早いほうがきっといいでしょう。くり子のためにも」

できるだけ早く、くり子が鬼の学校幼年部のみんなにまた会えるよう、お願いしてくれるのかもしれない。

「ありがとうございます。よろしくお願いします」

「可愛い姪っ子のためですもの。杏菜さん、今日はお疲れでしょうから、ゆっくり休んでくださいね」

「はい」

靴を脱いで家にあがると、どすどすと豪快な足音を立てながら、お父さんが玄関まで私たちを出迎えに来てくれた。

「杏菜、くり子。おかえり！」

「あれ、お父さん。仕事は？」

「杏菜とくり子のことが心配でさ。早めに帰らせてもらったよ。俺もついていけば良かったって後悔したぐらいだ」

お父さんは仕事用のスーツを着ていた。いつもなら帰宅するとすぐに楽な部屋着に着替えるのに。くり子のことが心配だったのだろう。

「おとーしゃん、ただいま！」

「くり子、おかえり。鬼の学校幼年部はどうだった？」

「うんとね、すっごく楽しかった！」

「そうか、楽しかったかー。その話、おとーしゃんたくさん聞きたいな。話してくれよ」

「お父さん、悪いけど今日は勘弁してあげて。くり子も私も疲れちゃったの」

鬼の学校から自宅へ帰ってきて、お父さんの顔を見たら、思いのほか体が疲れていることに気づいた。ほっとしたのかもしれない。くり子も眠そうに目をこすり始めている。

「疲れたのか。じゃあ今日はもう休め。晩飯は出前でも取るから」

「悪いけど、お願いします。くり子、少し寝てこよう……」

「くり子、ねむいよぅ……」

「ふたりともすごく眠そうだな。待ってろ。おとーしゃんが和室に布団を敷いてくるから」

お父さんが布団を敷いてくれると同時に、くり子と共に布団の中にもぐりこんだ。

「あらら。くり子と杏菜、手を繋いだまま寝てるじゃないか。可愛いなぁ……」

娘ふたりの寝顔を見て、喜んでいるお父さんの声が遠くから聞こえる。いつもなら、「あっちに行って」って言うんだけど、今日はそんな余裕もなく、私とくり子は心地よい眠りについたのだった。

最終章　新しい家族のカタチ

一晩ぐっすりと眠った私は、普段より少し寝坊して目が覚めた。隣に寝ていたはずの妹がもういない。先に起きたようだ。

「おっ、起きたか？」

「おねいちゃん、おきたー」

「ごめん。ちょっと寝坊しちゃったね」

「いいって。気にするな。今日はな、おとーしゃん特製のフレンチトーストだぞぉ」

「わーい、ふれんちー」

珍しくお父さんが朝食の用意をしてくれていた。どこから持ってきたのか、エプロンまでつけている。

「お父さん、そのエプロンどうしたの？　初めて見る気がするけど」

「これか？　これはおとーしゃん専用エプロンとして買ってきたやつだ。これからはな、俺も少しずつ食事の支度ができるようにしていこうって思ってな」

「え、お父さんってば、どうしたの？　昨夜変なものでも食べた？」

掃除や洗濯、食器の洗いものとか、できる家事はお父さんも手伝ってくれていたけれど、料理だけは苦手みたいで、台所に立つことはあまりなかったのだ。

「俺も思うところがあってだな。それより朝飯食べたら、昨日のこと教えてくれよ。くり子からはある程度話を聞いたけど、詳しいことまではわからないからさ」

「うん。わかった。私もお父さんに話したいことがあるしね」

「とりあえず朝飯だ！」

「おとーしゃん、ふれんち、こげてるよー」

「うぉ！　本当だ、あちち！」

「お父さん、代わろうか？」

「いいって。たまにはやらせてくれ。焦げたヤツは俺が食うからさ。杏菜は顔でも洗って待ってろよ」

「でも……」

食事を作ってもらうことに慣れてないせいか、自分が作ったほうが早いし、失敗も少ないとつい思ってしまう。

「そうだ。あのな、くり子が昨日の分の絵日記をさっき描いていたぞ。上手に描けてたから見てやってくれ」

くり子はちらりと私を見上げたあと、少し恥ずかしそうに、お父さんの腰あたりに顔をうずめてしまった。絵日記に照れることでも描いてあるのかな？

「わかった。見てくるね」

居間へ移動すると、机の上にくり子の絵日記と色鉛筆のセットが置いてあった。昨日の日付のページが開いたままになっている。

「私に見てほしいってことかな。どれどれ」

絵日記を手に持って、じっくりと見てみることにした。

「これって……」

そこに描かれていた絵に、私の目がくぎづけになった。

描かれていたのは、鬼の学校幼年部の思い出だった。それだけなら、昨日私も行ったわけだし、特に驚きはしない。絵日記って、楽しかった一日の思い出を描くものだし。

昨日の分の絵日記には、私とくり子、そして鬼の学校幼年部の子どもたちが数人描かれている。みんな笑顔で、とても楽しそうだ。私とくり子はしっかりと手を繋いでいる。にっこりと笑った私の似顔絵のところに、くり子が一生懸命書いた文字があった。

『くりこのじまんのおねいちゃん』

すぐには意味を理解できなかったように思う。

だってほんの数日前のくり子の絵日記には、『オニおねいちゃん』と書き込まれた私がいたのだから。不機嫌な顔をしていて、頭には角がしっかり生えていた。

でも、昨日の絵日記の私は、角が生えて

いないし、にっこり笑っている。くり子と手を繋いで。

「くりこのじまんのおねいちゃん……くり子、私のこと、自慢だと思ってくれているの？」

　ようやく意味を理解した私は、絵日記を何度も確認した。書き間違いではない。妹は私のことを自分の誇りだと思い、くり子なりの言葉で表現してくれたのだ。

「くり子……！」

　視界が涙でぼやけてきたので、私は慌てて絵日記を胸の中に抱きしめた。大切な絵日記を私の涙で濡らしたら大変だもの。

　嬉しい。たまらなく嬉しい。

　くり子と喧嘩になってしまった時は、もう仲良くできないかもしれないと絶望的な気持ちになったけど、そんなことはなかった。今でも私は妹を愛しく思っているし、くり子もたぶん同じだ。むしろ喧嘩したことで、また一歩近づいた気がする。時々ぶつかったりもしながら、お互いのことを知っていくのかもしれない。

　だって私とくり子は、家族になったばかりの、初心者姉妹なんだものね。

「お父さんともだけど、くり子とも話をしないと」

私の中に芽生えた将来の夢を、くり子にも伝えてみたい。幼い妹がどこまで理解できるかわからないけれど、何も言わないよりずっといいと思う。

「おーい、杏菜。フレンチトーストできたぞー」

「はーい」

涙を指で拭いとると、くり子の絵日記を机の上に置き、今度は少し遠くから眺めた。

幼児の教育にいいと思って買ってきた絵日記帳だったけれど、くり子はいろんな思いを感じながら描いてくれているのかもしれない。まだ幼くて、言葉で伝えられることが少ないから尚更だ。くり子の思いをこれからも受け止めてあげたいと思う。

「ありがとね、くり子」

昨日の絵日記のページをそっと閉じると、食卓へ向かった。

「杏菜、見てくれ。フレンチトースト初めて作ったけど、なんとか形になってるだろ?」

白いお皿に盛られたフレンチトーストは少々焦げていたし、ひっくり返す時に失敗したのか、形が崩れているものもあったけれど、カットしたオレンジが添えられていて、美味しそうだ。

「うん。上手にできてるね」

「そうだろ、ちゃんとできてるよな！」

自分で買ってきたというエプロンをつけたお父さんは、嬉しそうにガッツポーズをした。なんだか小さな子どもが大人に褒められた時みたい。大人であっても、褒めてもらえるのは嬉しいものなのかもね。

「おねいちゃん、どーぞ」

くり子が私にナイフとフォークを運んできてくれた。

「くり子、お父さんのお手伝いしてるの？　ありがとね」

「うん！　くり子ね、おとーしゃんを助けてるよ」

きっとくり子も、お父さんと一緒に料理をしている気分なんだろうな。

疲れてぐっすり眠っていた私の代わりに朝食を作ろうとした気持ちが嬉しかった。

「それじゃあ、みんなでいただくとしよう」

「はーい」

返事をした私と妹も、食卓の椅子に座る。

「いただきます」

「いたーだきまぁす！」

「どうぞ、どうぞ。食べてください。……って、忘れてた！　くり子はおとーしゃんが食べやすく切ってやろうか？」

幼いくり子が食べやすいように、私ならフレンチトーストを最初から小さく切っておくのだけれど、お父さんはそこまで思い至らなかったみたいだ。

「くり子、自分でやってみる！」

ナイフとフォークを持ったくり子は、フレンチトーストをのこぎりのようにキコキコと半分に切っていく。見ていて危なっかしくて、ハラハラするけど見守ることも大事なのかもしれない。くり子はどうにか半分に切ると、満面の笑みで報告してくれた。

「くり子、できたよ！」

「そうだね、できたね！」

「おおっ、くり子、すごいぞ！」

私とお父さんとで妹を褒めると、くり子は誇らしげに胸を張った。

半分に切ったフレンチトーストをフォークでぶすっと刺したくり子は、ぱくんとかじりついた。

「おいしー！　おとーしゃん、ふれんち、おいしいよ！」

「そうか、そうか。美味しいか！　動画サイトを見ながらだったけど、なんとかなるもんだなぁ」

「お父さん、このフレンチトーストは動画サイトを見ながら作ったの？」

「職場で一緒に働いてる人から教えてもらったんだ。今は動画サイトにいろんなレシピが紹介されてるから参考にしてみるといいってな。そしたらいっぱい動画があって、どれを参考にしたらいいのかわかんなくなったけどよ。くり子が『これ、おいしそう』って言ったやつで作ってみたってわけだ」

料理作りに慣れていないのに、どうしてフレンチトーストを作ろうと思ったのかな？　と思っていたら、職場の人に教えてもらったのね。確かに動画サイトで紹介されているレシピはどれも美味しそうだもの。ちょっとお洒落（しゃれ）な朝食を作りたくて、お父さんは頑張ってみたんだと思う。

お父さんが作ってくれたフレンチトーストを食べやすい大きさに切って、口の中へ運ぶ。

バターで焼いた表面は風味良くカリッとしていて、パンの中は卵液のおかげでとろりとしている。口の中で感じるミルクと卵の優しい味わいに、顔がほころぶのがわかる。

「うん！　美味しいよ。お父さん」

お世辞ではない。本当に美味しいと思ったのだ。

形が崩れていたり、焦げている箇所もあるけど、それもご愛嬌だ。だってお父さんはこれまで料理をほとんどしたことがなかったんだもの。作ってくれただけでも嬉しい。

「うふふ。おいしいねぇ、ふれんち！　くり子もがんばったもん！」

「そうだな。くり子は食パンを卵液に浸してくれたよなー」

「うん！　バターもフライパンにぽん！　って入れたよ」

「フライパン、あちち！　ってならなかった？」

「だいじょーぶ！　おとーしゃん、見ててくれたもん」

火傷しないように、ちゃんとお父さんが見ていてくれたようだ。

くり子にできたのはお手伝い程度だったみたいだけど、くり子もお父さんと一緒にろう。

頑張ってくれたのだ。今はまだお手伝いだけど、徐々にできることが増えていくんだろう。

　お父さんが作ってくれたフレンチトーストの朝食を家族三人で食べる。

　いつもとは少し違う朝だけれど、くり子もお父さんも笑顔で、とても楽しそうだ。そんなふたりを見つめながら、私も声を出して笑っている。

　礼儀作法、料理の作り方や食事中のマナーとか、本当は注意しなくてはいけないところがたくさんあると思う。でも今はそんなことより、朝食を家族で楽しくいただくほうが私には嬉しい。だってこれが私たち家族の幸せな時間だと思うから。

「あのね、朝食が終わったら、お父さんとくり子に話があるの。時間もらってもいいかな」

「昨日の鬼の学校のことか？　今ここで話してもいいぞ」

　残りわずかになったフレンチトーストを食べながら、お父さんは言った。

「鬼の学校幼年部のことも含めて、落ち着いて話したいの。食べ終わって片付けてから話してもいいかな？」

　お父さんとくり子はお互いを見つめ、不思議そうな顔をしている。

「大事な話ってことだな？　じゃああとでゆっくり話そう」

「うん。お願いします」

フレンチトーストの朝食を食べ終えると、家族三人で片付けをした。くり子は食卓を台拭きできれいに拭き、私は食器を順に流し台へと持っていき、お父さんは食器を洗う。楽しくおしゃべりしながら、分担で作業したら、あっという間に終わってしまった。


台所でお茶を淹れて、居間へ運ぶ。お茶があったほうが話をしやすいと思ったからだ。

お父さん、くり子、そして私の三人で腰を下ろした。

「昨日の鬼の学校幼年部のことを話す前に。くり子、絵日記帳見たよ」

名前を呼ばれた妹は、私を見つめて微笑んだ。私が何を言おうとしているのか、すぐに理解できたのだと思う。

「おねいちゃんのこと、描いてくれてありがとう。すごく嬉しかった！」

くり子へ顔を向け、まずはお礼を伝えた。

『くりこのじまんのおねいちゃん』という言葉を添えた昨日の絵日記。私にとって宝物になるだろう。

　お礼を言われたくり子は、ぷっくりとした頬を赤く染め、照れくさそうに笑った。

「うん！　かいたよ」

「くり子の絵日記、おねいちゃんはすごく好き。これからも描いてくれたら嬉しいな」

「かくよ！　おねいちゃんとおとーしゃんのこと、たくさんかく」

　くり子の描く絵と日記を、これからも見たいし、続けてほしいと思う。

「それでね、くり子、お父さん。これは私からの提案なんだけど。私とくり子、そしてお父さんとで、喧嘩してみない？」

　突然の喧嘩の申し入れに、くり子は首を傾け、きょとんとした顔をしている。

「おい、おい、杏菜。喧嘩とはまた物騒なことを。まさかとは思うが、殴り合いをしようってことじゃないよな？」

　お父さんの頭の中では、激しく格闘することを喧嘩と呼ぶみたいだ。それも間違いではないけど、殴り合いだけが喧嘩じゃないと思うのだ。

「私が伝えたいのはね、私とくり子、そしてお父さん。それぞれ心の中で思ってるこ

とを正直に伝えてみようってこと。私がくり子のお母さん代わりになります！　って

宣言した時、くり子もお父さんも反対はしなかったけど、喜んでもいなかったでしょ。だから私、立派なお母さん代わりになって、くり子とお父さんに私の奮闘を認めさせてやるって思ってた。今思えば私の勝手な暴走だったんだけど、くり子もお父さんも私に何を望んでいるのかわからなかった。だからね、今ここでそれぞれの思いを伝えてほしいの。それで喧嘩になるぐらいの言い合いになっても、何も言わないよりはずっといいんじゃないかな。だって言わなければ何も伝わらないんだもの」

お父さんは口をぽっかりと開け、呆然とした表情で私を見ている。

「喧嘩してみようよ」って娘から突然提案されたら驚くよね。でもね、私なりに考えて出した結論なのだ。

「くり子はまだ幼いし、心の中で思ってることを全部言葉にすることは難しいかもしれない。そこは私やお父さんとで助けていくってことで。私の提案、どうかな？」

お父さんも妹も、私をじっと見ている。

何も言わないということは、やっぱり無理ってことだろうか、と思った時だった。

「はい！　くり子、けんかする！」

右手をぴっとあげた妹が大きな声で言った。

「おねいちゃんとおとーしゃんに伝えるの。くり子が思ってることを」

真っ先に応（こた）えてくれたのは、くり子だった。

挙手する末娘を見て、お父さんもにやりと笑って言った。

「娘と喧嘩する父親。いいねぇ、ドラマみたいだ。やってみよう」

お父さんも私の考えを受け止めてくれた。ありがとう、お父さん。そしてくり子。

「じゃあ私から話します」

心を整えるため、深呼吸を一回する。私の思いを、しっかりと伝えたいもの。

「私ね、くり子のお母さん代わりになろうって思ったのは、くり子に辛い思いをさせたくなかったから。お母さんがいないとね、心ないことを言われたりもするの。詳しい事情も知らないでね。私がそうだったから、くり子にだけは同じ思いはさせたくなかった。だからくり子のお母さん代わりになって、くり子と私たち家族を守りたかったの」

なぜ私が、くり子のお母さん代わりになろうと思ったのか。その理由を全部伝えてみた。

お父さんは腕を組み、無言で考え込んでしまった。

「くり子もね、話してみるね。あのね……」

くり子も自分の思いを伝え始めた。

「くり子のおねいちゃんはね、おねいちゃんだけだもん。おかーしゃんにならないでぇ。おねいちゃんがおかーしゃんになったら、くり子を守って、お空にいっちゃうもの……」

くり子は自分なりの言葉で、懸命に話してくれた。

他の人なら、くり子が何を言おうとしているのかわからなかったかもしれない。けれど私とお父さんはすぐにわかった。くり子は鬼のお母さんである野分さんのことを言っているのだと。

野分さんはお父さんとの間にくり子を授かったけれど、愛娘が銀の角と牙を持って生まれたことを悩んでいたそうだ。銀色の角は、「銀の鬼」の証だから。

銀の鬼の一族はその名のとおり、銀の角を持ち、とても強い力を有していたという。しかしそれは昔の話で、今は銀の角を持った子は生まれなくなり、白い角の鬼だけになったそうだ。

生まれなくなったはずの銀の角を持つことが発覚すれば、その力を利用しようと他のあやかしに狙われる可能性があった。

野分さんは悩んだ末に、くり子の銀の角に自らを封印した。銀の鬼としての力を抑え込むために。そして最後は、愛娘の幸せを願い、くり子の銀の角と牙と共にあの世へ旅立ってしまった。

くり子が私やお父さんと人間の世界で平和に暮らせるのは、野分さんの献身的な愛情と自己犠牲があってのことなのだ。

くり子の母、野分さんは愛娘の幸せのためならどんなことでもできる愛情深い方だったのだと思う。それはとてもすごいことだし、誰にでもできることではない。

けれどくり子は、永遠に実のお母さんと会うことができなくなってしまった。

くり子が言う『おねいちゃんがおかーしゃんになったら、くり子を守って、お空にいっちゃう』というのは、姉である私までも、くり子を守るために自分を犠牲にして、遠い場所へ行ってしまわないで、ということなのだと思う。

くり子はもう二度と、大切な人に置いていかれたくないのだ。私やお父さんに、ずっとそばにいてほしい。だからくり子は、私が『くり子のお母さん代わりになります』という宣言を喜ばなかったんだ。

私とお父さんの顔を交互に見つめながら、くり子は話を続ける。

「だけどね、おねいちゃんがくり子のお母さんになるってきめたのは、くり子が保育園で翔太くんとけんかしたから、でしょ？　だったら、くり子のせいだもん……くり子、おねいちゃんにやめてっていえないの……」

ああ、くり子は心を痛め、苦しんでいたのだ。

私がお母さん代わりになったら、自分を犠牲にしてくり子を守ろうとするかもしれない。野分さんのように。

冷静に考えれば、私はただの人間だし、野分さんと同じことをするだけの能力はないけれど、幼い妹にはそこまでわからなかったのだと思う。くり子にとっては、それだけお母さんを失ったことが辛かったのだ。

「くり子のため」と思って教育を頑張っていたけれど、私がしていたことは妹を悲しませる行為だったのかもしれない。だから鬼の学校幼年部に行くまでは、あまり笑顔を見せてくれなかったのかな……

くり子が心の中で思っていることを全部伝えてくれなければ、ずっとわからなかったことばかりだ。

「ごめんね、くり子。おねいちゃん、くり子のためと言いつつ、本当は何もわかってなかった。ダメなおねいちゃんだね……」

「ちがうよぅ！　わるいのは、くり子だもん。おねいちゃんのせいじゃないの」

お互いを想い合いながらも、私とくり子は心にすれ違いが生じてしまっていたのだ。

「おねいちゃんね、くり子のお母さん代わりになろうとするの、もうやめるね。おねいちゃんはおねいちゃんのままでいるから」

くり子には今も、これからも幸せになってもらいたい。でもそれは私の未来を犠牲にしてまですることではない。くり子のためを思うなら、私は姉として、いつもそばにいて見守ってあげることが一番大切なのだと思う。

「なんだよ、くり子も杏菜も、ちっとも喧嘩になってないじゃないか。お互い謝ってばかりで」

目を赤くしたお父さんが、涙を指先で拭いながら言った。

「でも言いたいことは全部言えたよ」

「そうだよ、おとーしゃん」

お父さんの指摘どおり、確かに喧嘩ではないかもね。でも真剣な喧嘩覚悟で全部吐き出したから、心はすっきりしていた。

「今度はおとーしゃんの番だ。杏菜、俺はな、おまえが『くり子の母親代わりになる』って言った時に反対しなかっただろ。あれは杏菜のやりたいようにやってみればといいと思ったからだ。家庭にいろんな事情があると、心ないことを言う人たちは確かにいる。その辛さを一番理解しているのは杏菜だ。くり子を守るため、母親代わりになろうとしたことが間違っているとは思わない。それもまた愛情だから。でもな、杏菜を見ていて思ったんだ。杏菜の未来を犠牲にしてまで、すべきことなのか？　って」

父の話を聞き、お父さんもいろんな葛藤を抱えていたのだとわかった。母親がいない家庭で、妹は半妖の鬼の子。そんな中で姉妹ふたりをどう守り、育てていくか悩まないはずはないと思うもの。

「杏菜が、『くり子のお母さん代わり』になろうと奮闘している姿を見て、俺自身も自らを見つめ直すきっかけになった。杏菜、俺はおまえに頼りすぎていたよ。杏菜はこの家を守るため、くり子が来る前も来たあとも変わらず、家事のほとんどを引き受けてくれていた。それがおまえの青春をどれだけ犠牲にしているかも気づかずにいた。同じ年頃の女の子は、もっと遊んだり、バイトしたり、恋をしたりしていると思う。でも杏菜は家のことがあるから、ほとんどできなかったと思うんだ。それを知っていたはずなのに、『俺は仕事があるから』って理由で気づかないふりをしていた。ごめんな、杏菜。俺はやっぱりダメ父ちゃんだよ。すまない。でもこれからは俺も少しずつ料理や家事をできるようにしていくから、杏菜はこれ以上家族のためにと自分を犠牲にしないでくれ」

　お父さんがなぜ自分専用のエプロンを買ってきたのか、わかった気がした。お父さんもこれからは食事作りを頑張っていくつもりなんだって。

「ありがとう、お父さん。でもね、家族のために食事を作っていたのは、私のお母さんの遺言だったから。天国へ逝ってしまったお母さんの意思を守りたかった。学校が終わったらすぐに帰宅して家事をするのは大変だったけど、後悔は一切してないの。だって、お父さんやくり子が私の作った料理を『美味しい、美味しい』って食べてくれるのは嬉しいもの。だからお父さん。ダメ父ちゃんだなんて言わないで。お父さんが毎日働いてくれるから、私もくり子も食事を美味しくいただいて、元気に暮らせるんだもの」

くり子も私も、そしてお父さんも。

それぞれ家族のことを想い、幸せを願っていた。

それでも、それぞれの事情ゆえに気持ちがすれ違うこともあるんだって、よくわかった。

「喧嘩する覚悟で心の中をさらけ出したつもりだったけど。結局、喧嘩にならなかったね」

「喧嘩にならなくて良かったよ。でも言いたいこと言えたから、すっきり晴れやかな気分だな」

「うん！　くり子もスッキリ！」

くり子は自分のお腹をつきだし、ぽん！　と叩いた。お腹がスッキリという意味と勘違いしたのか、童話のたぬきみたいな可愛らしいポーズに思わず笑ってしまった。

「くり子、お腹ぽん！　なのね。アハハ！　可愛い」

「ハハッ！　確かにお腹も、心もスッキリしたもんなぁ、くり子」

私とお父さんがお腹を抱えて笑っている姿を、くり子は不思議そうな表情で見ている。

幼くて可愛い妹、くり子。

これからも私は、おねいちゃんとしてそばで支えるからね。

「時にはこうやって、自分の思いを伝えることが大事なのかもね。家族であっても、ひとつ屋根の下で暮らしていても、それぞれが心の中で思ってることまではわからないんだもの」

話せばなんでもわかり合えるわけではないけれど、まずは伝えることから理解は始まるのかもしれない。

「そうだな。親子だから、姉妹だからって、なんでもわかるわけではないし、何をしても許されるわけでもない。まずはコミュニケーションだよな」

「こみゅに……？　なぁに、それ？　おまじない？　なかよくなれるおまじないなのね？」

お父さんが言った『コミュニケーション』という言葉を、幼児らしい解釈で理解したくり子も可愛くて面白くて、またお父さんと一緒に大笑いしてしまった。

「ハハハ、コミュニケーションが仲良くなるおまじないか。あながち間違ってないな」

「うん、そうだね。おまじないみたいなものよね。やってみなければ効果も感じられないんだもの」

くり子は自分が褒められたと思ったようだ。ぴょんぴょんと飛び上がりながら、無邪気に歌い、踊っていた。

「おまじない♪　なかよくなるおまじない『こみゅに』♪　わーい！」

「こみゅに」と歌って可愛らしく踊る、くり子のステージ会場みたいになってしまったので、続きの話は昼食後となった。

†

昼食はお父さんがチャーハンを作ってくれた。

私も手伝おうと思ったけれど、「チャーハンだけは俺でもできる！　学生の頃、中華料理店でバイトしてたからな！」と言うので、おまかせしてみることにした。

すると家で一番大きいフライパンを器用に操り、冷蔵庫に残っていたハムと卵を使って、あっという間に三人分のチャーハンを作ってくれたのだ。

「すごい！　フライパンの扱い方がプロみたい！」

　お世辞ではなく、本気でそう思った。チャーハンを美味しく作るには、フライパンや中華鍋を火であぶるようにして、手早く作る必要がある。腕の力が弱い私では、この作業がなかなか大変で、ぱらっとした美味しいチャーハンが作れないこともあるのだ。

「はいよ、できあがりぃ！」

　プロみたいと言われたお父さんは、威勢のいい料理人のように気取って叫んだ。作ったチャーハンをお玉ですくい、軽くまとめてからお皿に丸く盛っているので、本当にお店のチャーハンみたいだ。

「あっ、ネギが焦げちまった。得意だったとはいえ、久しぶりだからなぁ。勘弁してくれ」

「ううん。ネギが焦げてるのも美味しそうだよ。くり子、お父さんのチャーハン、いただこう」

　くり子に声をかけたら、妹はすでにレンゲを人数分、食卓に並べていた。

「あら、言われなくてもお手伝いするのね、くり子。えらいね」

「うん！　くり子、これからはどんどんお手伝いするよ！」

くり子なりに、私やお父さんを助けたいと思ってくれているのだろう。

「ではいただきましょう！」

「いただきまーす！」

レンゲでチャーハンをすくい、口の中へ運ぶ。白米が油と卵できれいにコーティングされていて、まったくベタついていない。ぱらってしているのに、白米はふわりとやわらかく、とても美味しい。焦げたネギの部分もオコゲみたいで楽しい。

「お父さん、チャーハン美味しいよ！」

「おいし、おとーしゃん、ちゃーはん、おいし！」

くり子は、おいし、おいしと呟きながら、チャーハンを夢中でかき込んでいる。

「ほら、くり子。お茶も飲みなさい。じゃないとむせるぞ」

お父さんが慌てて声をかけると、くり子はけほん、けほんと咳き込んでしまった。

くり子の小さな背中をさすりながら、お父さんは苦笑いを浮かべている。

「慌てて食べるな。誰もとったりしないから。食事ってのは、落ち着いてゆっくり味わうものだからな。わかったか？　くり子」

お茶を飲み終えたくり子が、「はーい！」と返事をした。

「それにしてもお父さんがチャーハンをこれだけ上手に作れるとは思わなかったよ」

「実はな、焼きそばも案外得意だぞ。海の家でもバイトしてたから」

海岸近くの海の家で、若かりし頃のお父さんが必死に焼きそばを作り、「へい、らっしゃい！　おまちどう！」と叫んでる姿を思い浮かべて、つい笑ってしまった。

「お父さん、どれだけバイトしてるのよ」

「学生時代はいろいろやったなぁ。失敗も多かったけど、あれはあれでいい社会勉強になったよ。杏菜にもいろいろバイトをさせてあげたかったんだが、家事とくり子の世話が優先になってしまったもんな……」

「バイトはしてないけど、貴重な経験はいくつもさせてもらってるよ」

「うん。まぁな、主にくり子関連でな」

名前を呼ばれたくり子は、レンゲをくわえたまま、きょとんとしている。

「そうだ、杏菜。くり子で思い出したけど、昨日の鬼の学校幼年部のことを教えてくれよ。詳しく聞きたい。面白い男の子や、かっこいい先生がいたんだってな？」

そうだった。鬼の学校のこともお父さんに話さなくては。私に芽生えた夢のことも伝えて、今後について相談しないといけないのだから。

「鬼の学校幼年部の子どもたちはすごく元気だったよ。最初の『こんにちは』の挨拶で風が吹きつけてきたもの。びっくりしたけど、くり子はすごく楽しそうでね……」

お父さんが作ったチャーハンを食べながら、鬼の学校幼年部の子どもたちのことをお父さんに話していった。

鬼の子どもだから頭に白い角があるし、力も強い子たちばかりだったけど、みんなとても可愛かった。できればまた会いたいな。

「くり子が、『てやんでぇ』って言ってる子がいたって笑っていたけど、そんな子がいたのか?」

「雷太くんね。風雅先生が言うには、お父さんから時代劇とか、こっそり見させてもらってるみたいでね、その話し方や決めポーズを真似していたんだって。最初見た時は驚いたけど、かっこつけたいお年頃なんだろうね。あと日本人形みたいな美少女の美雪ちゃんとか、毒舌の水流くんとか、みんな可愛かったよ」

「へー。それは楽しそうだ。俺も雷太くんに一度会ってみたいよ。くり子は雷太くんにまた会いたいか?」

チャーハンから顔をあげたくり子が、にっこりと笑った。

「うん！　雷太くんにも、美雪ちゃんにも会いたい！」

「そうか。お友だちがたくさんできたんだな」

「みんなとねー、かけっこして、木登りして、かくれんぼしたの。楽しかったぁ！」

くり子は鬼の学校幼年部での思い出を楽しそうに語っていく。

「くり子ねぇ、鬼の学校のおともだち好き。保育園のおともだちも好き。鬼の学校と保育園どっちも大好き！　おともだちがたくさんできて、くり子うれしい！」

チャーハンのご飯粒を口から噴き飛ばしながら、くり子が興奮して叫ぶ。思い出を語るうちに、テンションが上がってしまったみたいだ。

保育園と鬼の学校幼年部に、それぞれおともだちができたことが嬉しいって、くり子はお父さんに伝えたいんだよね。

私がくり子の口元を拭いている間に、お父さんは食卓に散乱したご飯粒を手早く片付けてくれた。

「それでね、これからもくり子を鬼の学校幼年部に行かせてあげたいの。そのほうがくり子も力の加減方法とかを学んでいけると思うし。どうかな？」

「なるほど。人間の世界ではわからない鬼のことを学ぶいい機会なのかもしれないな。くり子も鬼の学校にまた行きたいか？」

「あのね、鬼のみんなとだとね、うんと速く走ったり、ぴょんって高く飛んでも大丈夫なの。みんな、くり子と同じぐらいできちゃうの。だから鬼のみんなともっと遊びたいな」

半妖のくり子にとって、鬼の学校幼年部は自分の持てる力を全部発揮して楽しく遊べる場所なのだろう。

「鬼の学校幼年部に通うなら、銀の鬼の里の長老さんに相談しないといけないよな」

「小夜さんからも長老さんに話してくれるって。鬼の学校から人間の世界に帰ってくる時に、小夜さんとも相談したから」

「小夜さんが間に入ってくれるなら、心強いなぁ」

「うん。小夜さんなら、鬼の学校幼年部への送り迎えも助けてもらえると思うの。また小夜さんにお世話になることになるから申し訳ないけど」

「小夜さんにもお礼をしないとだな」

「いつもお世話になってる小夜さんに何か贈り物がしたいけど、受けとってくれるかな？」

「うーん。どうだろう？　小夜さん、お礼とかは頑なに断りそうだもんな」

お父さんと話しながらも、どうやって私の将来のことを伝えようかと考えていた。

お父さんならいつでも話を聞いてくれそうではあるのだけれど、普段あまり話さないことだけに、何から話せばいいのか考えてしまう。

「ところで、杏菜」

ふいにお父さんが話すのをやめて、じっと私の顔を見てくる。

「俺に話したいことがあるんじゃないか？　さっきから俺の目を見ては、何か言いたそうに口を動かしているし」

まさか気づいてくれるとは思わなかった。お父さん、意外と勘が鋭いのね。

「うん。実は相談したいことがあって」

「相談したいこと……ま、まさか。恋の相談じゃないよな？」

「そんなわけないでしょ。恋の相手どころか、親しい男性さえいないよ」

なんで恋の相談と思うのかな。こっちはどうやって相談しようか悩んでいたっていうのに。

「親しい男がいないって、杏菜、本当か？　いいな〜って思う男さえいないのか？」

「いいなって思う男の人……？」

頭の中にぽんと浮かんできたのは、鬼の学校幼年部の風雅先生だった。

え？　なんで風雅先生が出てくるの？

鬼の子どもたちに人気で、優しくて面倒見のいい人だとは思うけど。あの人は鬼の先生で、私はただの人間だし、何かあるはずもないのにね。

それに風雅先生と話す内容はおそらくこんな感じだ。

「子育てって大変ですよね〜」

って、私が呟いたら、

「ですね〜。体がいくつあっても足りないですよ〜、ハッハッハッ」

って、風雅先生がお茶をすすりながら、笑顔で頷く。そんな関係だと思う、風雅先生とは。

「う〜ん。ない、ない。ただの茶飲み友だちじゃない」

「ん？　杏菜、やっぱり恋の相談なのか？　いいなって思う男がいるのか？」

「ちがうってば。私がお父さんに相談したいのは、恋じゃなくて、将来のこと」

「将来？　杏菜のか？」

お父さんは私と恋バナがしたかったのかもしれないけれど、私は真面目に将来のことを考え始めているんだから、茶化さないでほしいよ。

「私、お父さんとくり子に相談があるの。鬼の学校幼年部での時間を通して、絵本や子どもの教育について学んでみたいって思ったの」

お父さんもくり子も、私の話を真剣な眼差しで聞いてくれていた。

「鬼の子どもたちはね、娯楽が少ないんだって。幼い頃から人間に憧れすぎないように、人間の世界の絵本も制限されているの。事情は理解できるけど、私は鬼の子どもたちにも絵本をもっと読んでほしいなって思う。鬼のみんなにも受け入れてもらえる絵本がどんなものなのか、どうすれば受け入れてもらえるのか考えてみたいんだ。鬼の子どもたちと半妖のくり子が絵本を通して楽しく生きていくために、私にできることを探してみたいの。そのためにも絵本のことをもっと勉強して知識を得ないといけないって思う。だから絵本について学ぶために大学に進学したいの」

さぁ、ここからが本番だ。お父さんやくり子にも、協力してもらわないといけないんだもの。

「希望大学とか、具体的なことはまだ何も決めてないけど、進学するなら受験勉強をしないといけないよね。受験勉強を始めたら、これまでのように家事をしっかりできなくなるかもしれない。それでもいいかな？　もちろん家のことも受験勉強も、両方頑張るつもりだけど……」

すでに大学進学に向けて準備している同級生も多い。私は遅いぐらいだ。でも今からでも頑張ってみたい。大学でいろんなことを勉強して、鬼の学校の子どもたちに絵本を届けることができたら……

「杏菜に将来の夢ができたってことか？」

お父さんの言葉に、私がこくりと頷いた。お父さんとくり子は、受け入れてくれるだろうか？　私の決断を。

「そうか、良かった……」

ほぅっと息を吐きながら、お父さんが呟いた。

良かった？　それって、どういう意味？

「本当に良かったよ。杏菜に家の外でしたいことが見つかって。俺も杏菜に話さなくてはいけないと思っていたからな。杏菜を家の中に縛り付けておくことは、杏菜の未来を犠牲にすることだって、俺はようやく気づいたから。杏菜が望んで、自分で決めたことなら、大学への進学を応援するよ」

　驚くほどあっさりと、お父さんは進学を認めてくれた。どうやって話そうかと悩んでいた私が馬鹿らしく思えるほどに。

「ほ、本当にいいの？　受験勉強に集中したら、毎日の家事やくり子の世話もどこまでできるか、わからないんだよ。それに進学するなら、お金だってかかるし」

「どこに進学するかにもよるけれど、まとまったお金が必要になってくると思う。

「幼いくり子のために、今後の教育費も必要だよね。だから私の大学費用は、奨学金も考えてみようと思ってる」

　半妖のくり子には、今後何があるかわからない。そのためにも、教育費は多めに必要だと思うから。

「奨学金なんて考えなくていいさ。杏菜の大学費用は俺が出すから」

「それはくり子のために残しておいてあげてよ。私はやっぱり奨学金を……」

「ああっ、もう。杏菜は本当に妹思いというか、くり子のためならなんでもしようと思ってるんだな。じゃあ、言い方を変えよう。杏菜はこれまで家族の食事作りや掃除、洗濯にくり子の子育てと、家の中のことをほぼ全部やってくれていただろ？　だから大学進学の費用は、これまでの杏菜の家事育児に対する報酬だと思ってくれ。それなら杏菜も素直に受けとれるだろう？」

「お父さん……」

まさかお父さんが、そこまで考えてくれているとは思わなかった。

「杏菜、これまで家事やくり子の子育てを毎日頑張ってくれて、本当にありがとう。でもこれからは杏菜の未来のために、俺が頑張るつもりだよ」

お父さんは私の夢を応援してくれるだけでなく、私の負担を減らそうと考えてくれているんだ。

「これまで杏菜にばかり家事をしてもらっていたけどさ。これからは俺もできるようにしていったほうがいいと思うんだ。あんまり考えたくないが、杏菜やくり子だって、どこかの男の嫁さんになって、この家を出ていく可能性があるんだから」

嫁さん……？

馴染（なじ）みのない言葉に、しばし思考が停止してしまった。くり子も、きょとんとした顔をしている。

「嫁って。私やくり子が結婚するかもしれないってこと？　あるわけないじゃない、そんなこと」

「今はなくとも、杏菜は何年か経ったらわからんさ。くり子はまだまだ先の話だけどな。結婚以外でも、進学や就職でこの家を出ていく可能性がふたりにはあるんだから。その時のために、俺も家のことはなんでもできるようにしておかないとな」

私やくり子が、いつかこの家を出ていく。

考えたこともなかったけれど、絶対にないとは言えない気がした。結婚に関しては、まったくわからないけれども。だって相手の気配すらないんだもの。

「さっき、『恋の相談か？』って聞いたのも、誰か思い浮かぶ男がいないかと思って聞いてみたんだ。ちゃんとした相手がいるなら、俺が相手の男をしっかりチェックしてやらんといかんしな。そんじょそこらの男には、うちの大事な娘ふたりを嫁にやるつもりはないけどよ。つまらん男だったら、殴り飛ばしてやる。ワハハ！」

最後は冗談っぽく笑っていたけれど、お父さんの目は怖いぐらい真剣だった。

お父さんなら、本気で殴り飛ばしそう……。

「すぐに杏菜のような美味しい食事が作れるわけじゃないが、俺だってやればできることは、今日のフレンチトーストやチャーハンでわかったろ？　まぁ、ワンプレートメニューばかりだけど、今後はレパートリーを増やしていくつもりだ。それに、どうしても時間がない時は外食や出前とかを上手に利用すればいいと思う。幸い今はいろんな選択肢があるから、手作りだけにこだわる必要はないと思うんだ。だから杏菜。家事や、くり子のことは心配するな。将来の夢のため、頑張ってこい」

お父さんは全力で私の夢を応援するつもりなのだ。まだ夢のかけらでしかないのに、否定しなかった。

「ありがとう、お父さん。本当にありがとう……」

ありがたくて、涙があふれてきそうだ。でも泣かない。泣いていたら、夢に向かって頑張っていけないもの。

「これから忙しくなるぞ。杏菜は受験勉強、俺は家事と仕事。最初からなんでもうまくいくことはないと思うが、家族三人で乗り越えていこうな」

「くり子も、お手伝い、がんばるっ！　おねいちゃんみたいに、おいしいごはん作れるようになりたいもん」

幼いながらも、くり子も私を支えようとしてくれている。

「ありがとう、お父さん、くり子」

見つけたばかりの将来の夢。この先どうなるかはわからないけれど、一生懸命頑張っていこう。応援してくれる父と妹がいれば、私はきっと大丈夫だ。

人間の世界にも、あやかしの世界にも、いろんな家族がいる。どこの家族もいろんな事情があって、みんな違うし、同じ家族はひとつもないと思う。

様々な願いや事情を抱えながら、家族は共に生きていく。

新しい家族のカタチを、お父さんとくり子と一緒に作っていきたい。

楽しそうに笑うお父さんとくり子を見つめながら、ただひとつの家族を大切にしていきたいと思った。

†

「おねいちゃん、くり子、大きくなってるぅ？　もうおチビじゃない？」

「くり子、ぴょんぴょん跳んでたら、身長が測れないでしょ。じっとして」

「はぁい」

ジャンプするのはやめてくれたけど、足踏みをしてるので、ちっとも測ることができない。

まったく、もう。なんでじっとしていられないの？

柱に残された私の成長記録を発見してから、くり子は自分の身長を測ってほしいとたびたび頼んでくるようになった。いくら成長期でも、そんなにすぐには伸びないのに気になって仕方ないらしい。

「おっ、くり子の成長記録、つけてるのか？　よしっ！　おとーしゃんがやってやろう。杏菜はくり子の足を押さえててくれ」

「お父さん、ありがとう。助かる！」

足踏みするくり子の足を私がそっと押さえ、お父さんがその隙に柱に印をつける。

ふたりがかりでくり子の身長を測った結果は……

「おっ、くり子、ちょびっとだけど、でかくなってるぞ」

「わーい！　くり子、おチビじゃなくなった！　わぁーい」

「本当？　どれだけ伸びたの？」

「うーん、一センチかな」

「一センチ……」

　くり子は飛び跳ねて喜んでるけど、一センチだけなら、大きくなったというほどではない気もする。

「翔太くんとね、どれだけ大きくなれるか、競争してるの。くり子がゼッタイ勝つもん」

「翔太くんとかぁ……あの子、大きくなりそうだよね。買った靴がすぐに小さくなるのよって、陽香さん、ぼやいてたし」

「陽香さん？　ああ、翔太くんのお母さんか。最近仲いいのか？」

「仲いいかどうかはわからないけど、お迎えの時にわりと話すようになったよ。ＳＮＳでもやりとりしてるし。普通に話してみるとね、サバサバしていて面白いの、陽香さん。最初はすごく怖くて、キツイ女性だと思ったけど。アドバイスもしてくれるしね」

「へぇ。まるでママ友みたいだな」

「私はママじゃないけどね。でも最初に気持ちをぶつけ合ったから、今は結構なんでも陽香さんに話せちゃうんだ。お互いの子育て事情とか、私の進路のこととかね。私が大学進学を目指しているって言ったら、夢があるなら進学したほうがいいって応援してくれたの」

くり子が鬼の子で、半妖であることまでは話せないけど、保育園のことや子育てのことについて、お父さんとは違う目線で私の将来についてアドバイスしてくれることはありがたいって思う。

「くり子も翔太くんと保育園で楽しく遊んでるって。翔太くんは元気すぎて、家の中でも外でも走り回って大変だけど、保育園ではくり子が翔太くんを軽くたしなめると、おとなしくなるみたい。翔太はくり子ちゃんに自分をかっこよく見せたいのねって、陽香さんが話してた」

「くり子と翔太くんが仲良しなのはいいが、翔太くんにとってくり子は初恋の女の子じゃないだろうな？」

「お父さんはそうやってすぐに恋の話にしようとするんだから。くり子が毎日を笑顔で過ごせることが一番大事でしょ」

「そうだな。今はそれが何より大切なことだ。お父さんも同じ気持ちだよ」

お父さんの言葉に反応したのか、くり子が笑顔で言う。

「くり子ねぇ、保育園の翔太くんや鬼の学校の雷太くんといっしょにぐんぐん大きくなるの。ふたりに負けないように、ごはん、い〜っぱい食べるもん」

　くり子は身長が伸びたことが嬉しいのか、私とお父さんの周りをぴょんぴょんと飛び跳ねながら喜んでいる。

「くり子、おっきくなった！　保育園のおともだちと、鬼の学校のおともだちと、身長の測りっこするの。おともだちみんなと大きくなるんだ。だってくり子は、どっちのおともだちも大好きだもん！」

　身長はたった一センチ伸びただけだけど、くり子は心も体も一回り大きくなったと思う。保育園でも鬼の学校幼年部でも、くり子は以前より成長したと感じるもの。今は私やお父さんが守ってないとダメだけど、そのうちひとりでも平気になっていくのかな。ちょっと寂しい気もするけれど、それが子どもの成長というものなのかもしれない。私も私で、未来に向かって歩んでいかないとね。

「くり子がぐんぐん大きくなっても、おねいちゃん負けないからね。夢を叶えるために私も頑張るから」

　くり子にガッツポーズを見せると、妹は無邪気に笑った。

「おねいちゃんもがんばる！　くり子もがんばる！　わぁい、競争だぁ」

「姉妹で競争だね。負けないよ、くり子。姉妹で頑張って成長していこう！」

「おい、おい。おとーしゃんの存在も忘れてくれるなよ。これでも一家の大黒柱だぞ」

「そうだね、お父さんも家事を頑張るって言ってたもんね」

「お父さんも未来に向かって頑張るから、仲間に入れてくれよぉ、くり子、杏菜」

お父さんの言葉につい笑ってしまった私とくり子だけど、言われなくても気持ちはとっくにひとつだと思う。

私とお父さんの間にするっと入り込んだくり子は、小さな手でしっかりと、家族三人の手を繋いだ。

「おとーしゃんも、おねいちゃんも、くり子もみんないっしょ！　家族みんなでおっきくなるぅ！」

元気良く叫ぶ妹の声を聞き、私もお父さんも声をあげて笑ってしまった。

そうだね、くり子。家族三人で、未来に向かって歩み、みんなで幸せに生きていこう。家族全員、ずっと笑顔でいられるように。

本当の家族じゃなくても、
一緒にいたい——

高校二年生の由依は、幼い頃に両親が離婚し、父親と一緒に暮らしている。だけど家庭を顧みない父親はいつも自分勝手で、ある日突然再婚すると言い出した。そのお相手は、三十二歳のキャリアウーマン・琴子。うまくやっていけるか心配した由依だったけれど、琴子は良い人で、程よい距離感で過ごせそう——と思っていたら、なんと再婚三か月で父親が失踪！　そうして由依と琴子、血の繋がらない二人の生活が始まって……。大人の事情に振り回されながらも、たくましく生きる由依。彼女が選ぶ新しい家族のかたちとは——？

定価：726円（10%税込）　ISBN978-4-434-33746-8

イラスト：細居美恵子

この作品に対する皆様のご意見・ご感想をお待ちしております。

おハガキ・お手紙は以下の宛先にお送りください。

【宛先】

〒150-6019 東京都渋谷区恵比寿4-20-3 恵比寿ｶﾞｰﾃﾞﾝﾌﾟﾚｲｽﾀﾜｰ 19F
（株）アルファポリス　書籍感想係

メールフォームでのご意見・ご感想は右のＱＲコードから、
あるいは以下のワードで検索をかけてください。

ご感想はこちらから

アルファポリス文庫

半妖のいもうと２ ～あやかしの妹におともだちができました～

蒼真まこ（そうま まこ）

2024年　4月 25日初版発行

編集－塙綾子
編集長－倉持真理
発行者－梶本雄介
発行所－株式会社アルファポリス
〒150-6019 東京都渋谷区恵比寿4-20-3恵比寿ｶﾞｰﾃﾞﾝﾌﾟﾚｲｽﾀﾜｰ19F
TEL 03-6277-1601（営業） 03-6277-1602（編集）
URL https://www.alphapolis.co.jp/
発売元－株式会社星雲社（共同出版社・流通責任出版社）
〒112-0005 東京都文京区水道1-3-30
TEL 03-3868-3275
装丁イラスト－鈴木次郎
装丁デザイン－AFTERGLOW
印刷－中央精版印刷株式会社

価格はカバーに表示されてあります。

落丁乱丁の場合はアルファポリスまでご連絡ください。

送料は小社負担でお取り替えします。


ISBN978-4-434-33747-5 C0193